中島かずき
Kazuki Nakashima

髑髏城の七人 花

K.Nakashima Selection Vol.25

論創社

髑髏城の七人　花

装幀　鳥井和昌

目次

髑髏城の七人　花

◉登場人物

捨之介《すてのすけ》
天魔王《てんまおう》
無界屋蘭兵衛《むかいやらんべえ》
極楽太夫《ごくらくたゆう》
兵庫《ひょうご》
沙霧《さぎり》
狸穴二郎衛門《まみあなじろうえもん》
贋鉄斎《がんてつさい》
三五《さんご》
礒平《いそへい》
服部半蔵《はっとりはんぞう》

〈関東髑髏党〉
安底羅《あんちら》の猿翁《えんおう》
波夷羅《はいら》の水神坊《すいじんぼう》
摩虎羅《まこら》の姫跳《きちょう》

〈無界の人々〉
およし
おゆう
無界屋の女達

〈関八州荒武者隊〉
青吉《あおきち》
白介《はくすけ》
黒平《くろへい》
赤蔵《あかぞう》
黄平次《きへいじ》

平形源右衛門《ひらがたげんえもん》
髑髏党鉄機兵
服部忍群

―第一幕― 天乱劫火

【第一景】

天正十八（一五九〇）年初め。関東荒野。夜。
天空に輝く巨大な満月。
漆黒の鋼の鎧を身につけた男が一人、月を眺めながら酒を飲んでいる。顔に面はつけていない。半顔にひどい火傷。天魔王《てんまおう》である。

天魔王　見事な満月だ。あれだけ整った月を見ていると、汚したくなるとは思わないか。おぬしらの血でな。

わらわらと現れる武者達。

天魔王　どこの手の者だ。浪速《なにわ》の猿か駿府《すんぷ》の狸か、いずれにしろ人面獣心《にんめんじゅうしん》の奸物共が、天の影に脅えた所業だろう。

襲いかかる武者達。

天魔王、幸若舞《こうわかまい》の『敦盛《あつもり》』の一節を口にしながら、武者達を斬っていく。

天魔王　人間五十年。下天の内をくらぶれば夢幻《ゆめまぼろし》のごとくなり。一度《ひとたび》生を得て滅せぬ者のあるべきか。滅せぬ者のあるべきか。

とんと足を踏みならすと、一人を残して一斉に倒れる武者達。残った武者に言う天魔王。

天魔王　主《あるじ》に伝えろ。我こそは天魔の御霊《ごりょう》天魔王。この関東を治めるは秀吉でもなければ家康でもない。今宵よりこの関東は第六天に変わる。

残った武者、駆け去る。

天魔王　来い、秀吉。髑髏城で待っている。

と、彼の後ろに鉄の仮面に鉄の鎧をまとった武者達が姿を見せる。関東髑髏党の鉄機兵だ。
天魔王、髑髏の仮面をつける。
笑う天魔王。闇に消える。

×　　×　　×　　×

ある日の昼。とある村が襲われている。
襲っているのは関東髑髏党の鉄機兵達だ。指揮するのは波夷羅《はいら》の水神坊《すいじんぼう》。

水神坊　よいか。金目の物は根こそぎ持って行け。抵抗する者は殺せ。

村人達が蹂躙される。

水神坊　憎いか我らが、恨むか我らを。憎いのならば共に来い。力のある者には栄華を与える。貴様らから奪った金も、我が同志となれば思いのままだ。

村人達、怨嗟の声を上げる。

水神坊　覚えておけ、我らは関東髑髏党。共に戦う者には極楽を、邪魔する者には地獄を見せてやろう。

抵抗する村人を斬り殺す水神坊。
と、そこに駆け込んでくる一人の女。普通の農民のような着物ではない。漂泊の民、熊木衆の沙霧《さぎり》である。逃げ回っていたのか、身体中傷だらけ。水神坊を見て足が止まる。

沙霧　しまった。
水神坊　ん。
沙霧　先回りか、髑髏党。

と、両刃で厚みのある短刀を抜く。熊木衆が使うウメガイである。

水神坊　お前の方から飛び込んできたんだが、まあいい。何だか知らないが、歯向かう奴は叩き斬る。

と、水神坊、襲いかかる。沙霧、その剣を受けてかわす。逃げようとする方向から現れる摩虎羅《まこら》の姫跳《きちょう》。

姫跳　逃げられないよ、熊木の女。
沙霧　く。
水神坊　おう、姫跳か。
姫跳　水神坊、その女は私の獲物だ。横取りするんじゃないよ。
水神坊　そうか。こいつが絵図面《えずめん》を。だったら尚のこと見過ごすわけにはいかねえな。
沙霧　見逃してもらおうとも思ってないよ。

と、短刀をかまえる沙霧。が、水神坊と姫跳にはさまれ、逃げ場は無い。
と、そこに駆け込んでくる若者達。
派手ななりをしている傾奇者《かぶきもの》達、関八州荒武者隊だ。先頭に立っているのが頭目の兵庫《ひょうご》だ。背中に大刀を括り付けている。その他、三五《さんご》、青吉《あおきち》、白介《はくすけ》、黒平《くろへい》、赤蔵《あかぞう》、黄平次《きへいじ》の六人だ。

兵庫　待て待て待て待て。髑髏党だかなんだか知らねえが、この関東で好き勝手やろうたあふてえ根性だ。ましてやか弱い小娘一人を大勢で。そんな無法は、天が許してもこの俺達が許さねえ。

と、髑髏党の不意をついて沙霧をかばう兵庫。

兵庫　（沙霧に）もう大丈夫だ、安心しな。
沙霧　あ、ありがとう。
姫跳　いやに威勢のいい男だね。我らに歯向かうというのかい。
兵庫　歯向かうんじゃねえ。叩きのめしてやるんだよ！
荒武者隊　おう！
水神坊　ふん、どこにでもはねっ返りってのがいるものだな。
兵庫　その名も関八州荒武者隊。泣く子も黙る傾奇者だ。みんな、やっちまえ！

荒武者隊　おう！

と、刀を抜き襲いかかる荒武者隊。但し、兵庫だけは刀を抜かず鞘のまま戦っている。
水神坊の得物を鋼の手甲で受ける兵庫。

水神坊　刀も抜かずにこの俺に勝とうというのか。身の程知らずにもほどがある。
兵庫　やかましい。てめえらみてえな外道相手に刀抜くほど、落ちぶれちゃいねえんだよ。
誰が呼んだか抜かずの兵庫様だ！

だが、荒武者隊の男達が鉄機兵に叩きのめされ捕まっている。

青吉　あ、兄貴ー。
兵庫　お前達。
沙霧　大丈夫じゃないじゃない。
姫跳　弱い仲間を持つと悲劇だね。
兵庫　ふざけるな。あいつらがいるから俺がいるんだ。
水神坊　待て、姫跳。

とどめを刺そうとする姫跳の手が止まる。

水神坊　どうだ、若僧。髑髏党に入らぬか。

兵庫　なにぃ。

水神坊　お前達のような血の気の余った若僧を、関東髑髏党は求めている。ここで我らに殺されるか、それとも共にこの世のすべてをひっくり返すか選ばせてやろう。あの城が見えるか。

と、遠くを指差す。

兵庫　髑髏城か……。

水神坊　そうだ。あれが我らの居城、髑髏城。髑髏党を率いる第六天魔王様は、秀吉の天下をひっくり返し、再びこの世を乱世とする。

姫跳　強い者だけが生き残る世の中よ。好き勝手暴れられる。

兵庫　……ふざけるな。痩せても枯れても坂東武者だ。弱きを助け強きをくじく。乱れに乱れた世の中だから、曲げちゃあいけねえ筋ってもんがあるんだよ。てめえの命惜しさに、その筋曲げるような卑怯者は、関八州荒武者隊には一人もいねえ、いるわけがねえ！

荒武者隊　おう！

うなずく荒武者隊。但し三五はのぞく。

三五　（手をあげて）あ、います。一人います。

兵庫　三五、てめえ！

三五　死に急ぐんなら勝手にしろ。俺は髑髏党に入る。

兵庫　裏切る気か、てめえ！

三五　なんとでも言え。裏切り者の汚名を着ようと、己の心は裏切れない。あえて言おう。大切なのは命、自分の命。必要なのは愛、自分への愛。（水神坊に）小田切三五。ふつつか者ですが、宜しくお願いします！

と、髑髏党側に加わる三五。

沙霧　ほんとに大丈夫なのかよ、あんたら。

兵庫　うるせえ。

水神坊　さて、残りはどうする。

荒武者隊　……。

水神坊　なるほど、あとの連中はここでくたばるわけだ。

何かを思いついた姫跳、三五に話しかける。

姫跳　三五とか言ったね。
三五　はい。
姫跳　こやつらを斬りな。
三五　え。
姫跳　髑髏党に入るための試験だ。おやりなさい。
三五　でも……。
水神坊　(刀を三五に向けて) 斬るか、斬られるかだ。
三五　……わかりました。(と、刀を抜く)
兵庫　……三五、ほんとにてめえという奴は。
三五　恨むなよ、兵庫。これもご時世だ。
兵庫　恨まねえが、斬られもしねえ。
水神坊　おっと、うかつに抵抗するなよ。貴様が反撃すると、おめえの仲間が死ぬことになる。
兵庫　なにぃ。

鉄機兵、捕まえた荒武者隊に剣を突きつける。

青吉　やっちまえ、兄貴！
白介　俺達のことなら気にすんな。

黒平　裏切り者の三五も、髑髏党もみんなやっつけてくれ！
水神坊　やかましい！

と、荒武者隊を殴りつける水神坊。

沙霧　……どうするの。
兵庫　くううう。
姫跳　同志には血の絆を、歯向かう者には血の制裁を、それが関東髑髏党だ。
水神坊　やれ、三五。
三五　兵庫！

三五、兵庫に打ちかかろうとする。
その時、フラリと現れた着流し姿の男が、手にした大きな鉄煙管《てつぎせる》で、鉄機兵達を叩きのめす。
男、捨之介《すてのすけ》である。解放される荒武者隊。
その隙に、三五を殴り飛ばす兵庫。

姫跳　なんだ、貴様。
捨之介　どうにもいけねえなあ。さっきから様子は見させてもらってたが、力のねえ連中をい

水神坊　たぶるやり方は見過ごしちゃおけねえ。
　　　　ふん、へらず口を！

捨之介に打ちかかる水神坊。
沙霧を守る荒武者隊。どうしたものかと様子を伺う三五。
水神坊の斬撃を鉄煙管で受けている捨之介、彼の得物を叩き落とす。

水神坊　なに⁉

姫跳の攻撃を抜かずの大刀で受け、彼女を押さえ込む兵庫。

兵庫　どうだ。命が惜しかったらさっさと消えやがれ。
姫跳　ええい、退け、退け。

姫跳を放す兵庫。

水神坊　貴様、名前は。
捨之介　あんたらに名乗る義理はねえが、捨之介とでも呼んでくれ。
水神坊　覚えておけよ、捨之介。

と、立ち去る髑髏党。

三五　待って下さい。

三五、慌てて後を追う。兵庫に寄る荒武者隊。

荒武者隊　兄貴ー。
兵庫　おめえら、よく踏ん張った。
荒武者隊　へい。
兵庫　おい、そこの。そこの鉄ギセル。
捨之介　ケガがなくてよかったじゃねえか。
兵庫　てめえの手助けがなくても逆転してたんだよ、俺達は。
捨之介　鼻息だけは荒いな。それが関東風か。
兵庫　おう、坂東武者の流れを汲んだ関八州荒武者隊。俺はその頭目の抜かずの兵庫様だ。
捨之介　(兵庫は無視して沙霧に)大丈夫か。
兵庫　聞けよ、この野郎。
沙霧　ああ、ありがとう。じゃ。
捨之介　まあ、待て。怪我してるじゃねえか。

沙霧　このくらい平気だよ。
捨之介　そうはいかねえ。そこの威勢だけはいい兄さん。
兵庫　兵庫だよ。
捨之介　関八州荒武者隊か。それだけでかい口叩いてるんなら、この娘、手当出来る所くらいご存じだろう。
兵庫　まかせとけ。
沙霧　あたしなら大丈夫だってば。
兵庫　そういうな。助けた女を見捨てたなんてことしたら、この兵庫様の男がすたる。行くぞ、お前ら。
荒武者隊　へい！
捨之介　どこに行く。
兵庫　無界の里だ。あそこならきっとなんとかしてくれる。
捨之介　無界の里？　あれは関東一の色里と聞いたが。
兵庫　おう、耳がはやいな。確かにそうだ。でも、それだけじゃねえ。あそこは、この関東の救いの里だ。
捨之介　救いの里？
兵庫　ああ。（沙霧に）さあ、こっちだ。
沙霧　でも。
兵庫　いいから来い。

半ば強引に沙霧を連れて立ち去る兵庫達荒武者隊。彼らを見送る捨之介。

捨之介　無界の里が救いの里か。なるほどねえ。……まあいい。今のところは、浮き世の義理も昔の縁《えにし》も三途の川に捨之介だ。

言い放つと、あとを追う捨之介。

――暗　転――

【第二景】

色里〝無界《むかい》〟。
宿場も兼ねているので、旅人など人の出入りも賑やか。
遣り手のおよしは、客の応対で気ぜわしく働いている。若く美しい遊女達も客あしらいをしている。
その様子を見ている牢人姿の男。今、無界に着いたというところか。狸穴二郎衛門《まみあなじろうえもん》である。

二郎衛門　なるほど。無界の里は関東一と聞いてはいたが、これはなかなか粒が揃っている。

と、ボロボロの着物を来て貧相な百姓風の男が身を潜めながらウロウロしている。礒平《いそへい》である。彼に気づく二郎衛門。

二郎衛門　おい。
礒平　あ?

二郎衛門　おぬしも遊びか？
礒平　馬鹿にしないでくんろ。おら、そんなろくでなしじゃねえだ。
二郎衛門　ろくでなしと。わしもか。
礒平　色里なんぞで遊ぶ奴はみんなろくでなしだ。

言うと駆け足で逃げ去る。叱責を恐れたのだ。

二郎衛門　あ、待て。……妙な奴だな。

およしが声をかける。

およし　もし、お侍様。お遊びでしょうか。
二郎衛門　あ、ああ。
およし　これはこれは、ささ、奥に。

と、奥から女達が悲鳴を上げて逃げてくる。
一人の遊女、おゆうの首に刀を突きつけた野武士風の男、平形源右衛門《ひらがたげんえもん》が現れる。

源右衛門　騒ぐな騒ぐな、静かにしろ！

その騒ぎに、二郎衛門も立ち止まり、様子を見る。

およし　物騒な真似はおやめください。

源右衛門　やかましい！　手出しをするとこの女は死ぬぞ。

と、じりじりと門の方へ向かう源右衛門。

二郎衛門　まいったな、これは。

二郎衛門、どうしたものかと思案している。

そこに艶やかな着物を着た美しい太夫が現れる。極楽太夫《ごくらくたゆう》。無界の里一の太夫である。

極楽　お待ち下さい、平形様。

およし　太夫。

極楽　この無界の里の決まりをお忘れですか。

源右衛門　うるさい。

極楽　この無界の里で選ぶのは男ではない。女御衆《おなご》にございます。男がいくら望もうと女がその気にならなければ、いくら通っても相手にはされない。それがこの里の決まり。

源右衛門　それがどうした。おゆうはわしの女だ。わしがどうしようがわしの勝手だ。
およし　そうなの、おゆう。
おゆう　いいえ、私は……。
源右衛門　黙れ黙れ。（と刀をかざす）
源右衛門　大体、女に客を選ばせるなど、武士を馬鹿にするにもほどがある。いくら待ってもこないから、堪忍袋の緒が切れたのだ。さあ、どけ。俺はおゆうと外に出る。

と、おゆうに刀を突きつけたまま、門の方に向かう源右衛門。

極楽　お待ちなさいな、源右衛門様。
源右衛門　止めても無駄だ。
極楽　止めやしませんよ。でも、だったらあたしじゃどうですか。
源右衛門　え。
極楽　どうせ御法度破りなら、この里一の女を連れて行ったほうがよくありませんか。
源右衛門　お前が来るというのか。
極楽　そう聞こえませんでした？
源右衛門　……。
おゆう　待って。あたしでいい。あたしが行くから。太夫は関係ない。
極楽　（おゆうを無視して）どうします。源右衛門様。

源右衛門　……服を脱げ。全部脱いで素っ裸になれ。
極楽　あら、あたしが何か隠し持ってるとでも。
源右衛門　俺は疑り深いのでな。それとも、裸になるのはためらう程度の思いつきか。
極楽　わかりました。裸くらいで信用してくれるなら、たやすい御用です。

と、羽織っているものを脱ぎ、帯に手を掛ける極楽。
源右衛門、その極楽の様子に気を取られる。
様子を伺っている二郎衛門。
ゆっくりと帯をほどく極楽の態度に焦れて、刀を持った手を彼女のほうに突き出す。

源右衛門　どうした。早く脱げ！

おゆうから刀が離れた隙を突いて、襲いかかろうとする二郎衛門。が、それより早く兵庫が駆け込んできて、源右衛門の背後から殴りかかる。

兵庫　うおりゃあああっ！
源右衛門　うぎゃ！

同時に現れた捨之介も、源右衛門に鉄煙管を一撃。そのあとに続く沙霧。

源右衛門　はぐあっ！

源右衛門の刀を奪う捨之介。沙霧はおゆうをかばう。

沙霧　大丈夫？
おゆう　ええ、私は。
兵庫　てめえみたいなどさんぴんに、太夫の裸なんて百年はええんだよ。どうだ、この、この、この野郎。

と、源右衛門をタコ殴り。止める極楽。

極楽　およし、およしってば、もういいから。
兵庫　だって、事もあろうに太夫の裸を。俺だってまだ見たことないのに。そんな目はつぶれてしまえ。こいつめ、こいつめ、こいつめ！
極楽　それ以上やったらくたばっちまうよ。およしなさいな、兵庫の旦那。

極楽に引きはがされる兵庫。
よろよろと立ち上がる源右衛門。

極楽　立ち去りなさい、源右衛門様。今日の所は、これ以上は責めませぬ。ですが、今度この里に足を入れた時は、命の保証はしませんよ。

極楽の静かな迫力に気圧される源右衛門。

源右衛門　……ふん。覚えてろよ。

悔しげに去る源右衛門。その時隅にいる沙霧をチラリと見て何か思った風。だが、それには誰も気づいていない。

兵庫　（その背中に）馬鹿野郎。二度と来るな！　（極楽に）まったく無茶のしすぎだぜ。あんな野郎に素っ裸でとっつかまったらどんな目に、素っ裸で、素っ裸で、あ。（鼻血が出る）

捨之介　そんなに見たいんなら、もう少し待ってりゃよかったのに。

兵庫　見たくなんかねえよ！（と全力で否定するその姿が全力で肯定している）

捨之介　俺はとめたんだよ。彼女が裸になってから殴りかかっても遅くはない。いや、むしろ世間はそれを望んでいるって。なあ。

と、隣に来ていた二郎衛門に同意を求める。

二郎衛門　うむ。

沙霧　あん。（何を言ってるんだ、こいつらはと捨之介と二郎衛門を睨む）

捨之介　第一、あの太夫にとっちゃ、裸になるくらい恥だとはこれっぽっちも思っちゃいねえよ。

沙霧　え？

捨之介　それで命が救えるなら安いもの。そういう腹の据え方してらあ。

おゆう　ええ。太夫はそういう人です。

と言っている間に何ごともなかったかのように脱いでいた着物を羽織る極楽。それを手伝うおよし。

およし　すみませんねえ、太夫。おゆうが変な男にひっかかっちまったばっかりに。

極楽　おゆうのせいじゃない。悪いのは男の方だよ。

おゆう　ご心配おかけしました。

極楽　気にしない気にしない。この里の女御衆は、私にとってはかけがえのない仲間なんだから。

兵庫　そして、その太夫は俺にとってはかけがえのないお宝だ！　な、太夫！

極楽、まったく反応しない。

兵庫　この抜かずの兵庫、男の魂を賭けてあんたを守ってみせるぜ！　な、太夫！

極楽、完全に受け流している。

二郎衛門　見事に受け流してますな。
捨之介　柳に風ですか。
二郎衛門　いや、柳腰に風かと。
捨之介　うまい。
兵庫　(二人に) うるせえよ、いちいち！
二郎衛門　あ、拙者、三界に枷なしのやせ牢人、狸穴二郎衛門と申す。以後、よしなに。
捨之介　これはご丁寧に。捨之介ってケチな野郎で。
兵庫　ついでに自己紹介してんじゃねえよ！　人の恋路だ、ほっといてくれ!!
極楽　はい。(と、いい笑顔)
兵庫　あ、太夫はほっとかないで。
沙霧　……完全に手玉に取られてる。
およし　で、兵庫さん、今日はいったい何の御用で。

兵庫　いけねえ、すっかり忘れてた。蘭兵衛《らんべえ》はいるか。
およし　主《あるじ》でしたら、ちょっと留守にしていますが。
兵庫　しょうがねえなあ。（沙霧をさして）髑髏党に追われてた娘だ。ちょっとかくまって欲しいんだが。
沙霧　いや、私はそんな。
捨之介　怪我の手当を頼んだだけだぞ。
兵庫　この辺ウロウロしてたら、また奴らに見つかるだろうが。しばらく身を隠してた方がいい。
およし　あのね、兵庫さん。あなた、この街を駆け込み寺か何かと思ってやしませんか。
兵庫　でもよう、見過ごせねえだろう。困った連中は。
およし　まったく、あなたときた日には……。
極楽　いいじゃない、およし。
およし　太夫。
極楽　蘭兵衛さんには私から言っておきます。もともと私らも似たような身。見捨てたらバチが当たる。
およし　太夫に言われちゃ、しょうがないですね。
兵庫　さすが太夫だ。ついでに俺の面倒も。
極楽　おや、ついで程度でいいんですか。
兵庫　え。いや、ついでじゃ困る。

極楽　困るんじゃ、しょうがない。あなたはあなたの道をおゆきなさい。
兵庫　はい。
捨之介　……やっぱりだめだな。
二郎衛門　ああ、あれはだめだ。
兵庫　だから、うるせえって。
極楽　（沙霧に）なんて呼べばいい？
沙霧　沙霧……。
極楽　沙霧さん、傷を洗ってあげる。こっちにおいで。
沙霧　でも……。
捨之介　ここは甘えた方がいい。ほら。
おゆう　こっち。

と、おゆうが沙霧を奥に誘う。

沙霧　じゃ、じゃあ……。

おゆうと奥に消える沙霧。

捨之介　（兵庫に）なるほどな。無界の里は救いの里か。

兵庫　おう。俺の言ったとおりだろう。

極楽太夫に声をかける二郎衛門。

二郎衛門　いやあ、見事見事。入れば人に境はなくなる。それゆえに無界の里と名乗っていると聞いたが、噂通りだな。

極楽　仰るとおりでございます。この里に侍とか百姓とかそういう身分の境はございません。あるのは人の器量の差。器量が大きければ、その分大きな遊びができようというもの。

二郎衛門　……ふむ。そなた、名前は。

極楽　極楽太夫にございます。

捨之介　へえ、あんたが。

極楽　おや、お聞き及びで。

捨之介　そりゃあもう。箱根を越えた辺りから噂は聞こえていたよ。会って極楽遊んで地獄、男殺しの極楽太夫。

極楽　そんな物騒な。

捨之介　一度遊べば天にも昇る心持ちで、夢に見るほどだが、だからと言ってそう簡単にはなびいちゃくれない。会えぬ苦しみは、まさに生き地獄だとか。

二郎衛門　だからこその会って極楽遊んで地獄か。

極楽　ご勘弁を。

二郎衛門　面白い街だ。よし、上がらせてもらえるかな。
極楽　それはこの子達が決めること。

と、後ろにいる遊女達を示す。

二郎衛門　いや、わしはこなたと。(と、およしをさす)
およし　え。
二郎衛門　ん。(と、およしを誘う)
およし　いやいやいや。
二郎衛門　わしが相手ではいやか。
およし　そういうわけでは。ですが、私は遣り手。遊びのお相手は若い子の方が。
二郎衛門　いや、若い子よりもよほどおぬしのほうがいい。おなごはおぬしくらいがよいのだ。
極楽　いいじゃないか。およし。あんたさえよければ。
およし　え。(色っぽく)じゃあ。

女らしく笑うおよし。二郎衛門、その手をとる。様子を見ていた兵庫。

兵庫　じゃ、俺は太夫と。

と、極楽の手を取ろうとした瞬間、およしが表情一変、鬼の形相で兵庫を殴りとばす。

およし　でやっ‼

兵庫　(吹っ飛んだあと、呆気にとられ) なぜ⁉

およし　(凄い勢いで) おんどれ、なんぼ借金があるか忘れたか！　遊びたかったらまず借りた金返してからにせい、こんぼけかす‼ (と、クルリと身を翻すと二郎衛門の手を取り、可愛く) いきましょう、旦那。

二郎衛門　おう。

二人睦まじく奥に行く。
極楽も微笑むと立ち去る。

兵庫　ご、極楽ぅ〜。

兵庫の言葉は、乾いた砂に落ちた一滴の水のようにまわりの空気に溶け込んでいき、太夫には届かない。なぐさめる捨之介。

捨之介　ありゃあ高嶺の花だな。お前には荷が重い。

兵庫　なんだとう。

捨之介　会って極楽遊んで地獄ってだけじゃねえ。あの太夫は生き地獄の苦しみもようくご存じという顔をしているぜ。

兵庫　生き地獄……。

捨之介　無界の里か。大した街だよ、実際。

感心する捨之介。よくわからない兵庫。

——暗　転——

【第三景】

無界の里。その夜。店の裏手の広場。
空に大きな満月。
人目を忍んで、沙霧が現れる。
その手に、木彫りの人形。地面に置くと、その上に二十数粒の種をまく。

沙霧　（人形を拝み）御魂《みたま》は御木《おんぼく》に。御魂は御木に。ぐんぐん育て、ぐんぐん育て。御木転生《おんぼくてんしょう》
御木転生。

と、背後から捨之介が声をかける。

捨之介　誰か、死んだのかい。
沙霧　！
捨之介　（覗き込み、種を数える）二十八人か。ずいぶんだな。
沙霧　これがなんだかわかるの。

捨之介　亡くなった人の数だけ種を埋めて、魂を弔う。死んだ人間は木となって森を守る。御魂の森返しの儀式だろ。

沙霧　なんでそれを……。

　　と、捨之介、人の気配を察し沙霧を制す。

捨之介　しっ。

　　その時、平形源右衛門が現れる。

源右衛門　沙霧、お前、沙霧だろう。

　　沙霧、顔色をかえて懐に忍ばせていた短刀を引き抜く。

源右衛門　やっぱりそうだ。てめえは沙霧だ。

沙霧　あんたは、昼間の馬鹿侍……。

源右衛門　そうだよ、平形源右衛門様だ。お前の顔は髑髏城の建設場で何度も見かけたからな。忘れちゃいねえよ。

沙霧　……あそこにいたの。

源右衛門　姫跳様、姫跳様。やっぱり沙霧でした。

と、姫跳と鉄機兵が押し入ってくる。

姫跳　よくやったね、源右衛門。
捨之介　髑髏党か。
姫跳　捨之介とか言ったっけ。昼間の借りを返したいところだが、今は絵図面が先。沙霧を取り押さえなさい。
捨之介　絵図面？

鉄機兵から沙霧をかばう捨之介。
鉄機兵達が襲いかかろうとしたその時、男の声が響く。

蘭兵衛　いい月夜ですなあ。こんな夜は忘れた筈の胸の想いが蘇り、妙に血潮が騒ぎだす。

満月を背に立つ無界屋蘭兵衛。

蘭兵衛　その血を鎮めにそぞろ歩いて、戻ってみればこの騒ぎか。まったく血なまぐさい町だな、この関東は。もっとも野暮はこちらもご同様か。

と、蘭兵衛、刀を抜くと源右衛門を斬る。倒れる源右衛門。

姫跳　かかれ、かかれ！

蘭兵衛に襲いかかる鉄機兵。

蘭兵衛　野心に生きるは遅すぎる、女に生きるはうぶすぎる、夢に生きるは切なすぎる、すぎたる我が身の亡八稼業――。

自嘲するように言いながら、鉄機兵を流れるように斬り殺す蘭兵衛。

姫跳　貴様！

と、襲いかかる姫跳を峰打ちで気絶させる蘭兵衛。倒れる姫蝶。

蘭兵衛　――粋じゃねえよなあ。（と刀をおさめる）

捨之介、その蘭兵衛の顔を見ている。

蘭兵衛　（奥に声をかける）お前達、戻ったぞ。

と、極楽太夫やおよし他の女達が現れる。倒れている鉄機兵を見て驚く極楽。

極楽　これは……。
蘭兵衛　髑髏党だ。（姫跳を指して）この女は縛り上げて納屋へ。他の死体は、見つからぬように裏に埋めておけ。（と、女達にてきぱきと指示する）
およし　はい。お前達。

蘭兵衛の指図通りに動く女達。心配げに見ている極楽。それに気付く蘭兵衛。

蘭兵衛　心配するな。この俺がいる限り、何人《なんぴと》たりとて無界の里に手出しはさせないよ。
極楽　ああ、そうだね。
蘭兵衛　（捨之介と沙霧に）さて、この騒ぎの元はあなた方ですか……。

と、言いかけて、改めて捨之介の顔を見て驚く蘭兵衛。

蘭兵衛　お前……。

捨之介　久しぶりだな、無界屋蘭兵衛さん。
蘭兵衛　なぜ、お前がここに……。
捨之介　俺達の話より、今はこっちが先だ。（沙霧に）大丈夫か。絵図面がどうとか言ってたが。
蘭兵衛　絵図面？

沙霧、あまり詮索されたくないので疲れたふりをする。

沙霧　……ごめん。ちょっと……。
捨之介　どうした。
沙霧　……傷が痛んで……。
極楽　顔色が悪いわ。向こうで休む？
沙霧　ええ。
蘭兵衛　おい。

話を聞こうとする蘭兵衛をとめる捨之介。

捨之介　そうだな。今は休んだ方がいい。
極楽　おいで。

沙霧を連れて行く極楽。

蘭兵衛と捨之介、二人きりになる。

蘭兵衛　……あれは仮病だぞ。なぜ、とめた。

捨之介　話したくねえ時に無理矢理口を開かせても、ほんとの事には行き着かねえよ。

蘭兵衛　相変わらず甘い男だ。あの娘、髑髏党に追われていたのか。

捨之介　すまねえ。厄介ごとを持ち込んで。

蘭兵衛　関わらないでいい縁にかかずらう。お前の悪い癖だ。

捨之介　かもしれねえ。だけど、あんただって。

蘭兵衛　ん。

捨之介　朴念仁のあんたが色街の主人とはな。世間とはおもしれえ。

蘭兵衛　成りゆきという奴だ。女達を束ねてなんぼの亡八稼業。よほど貴様の方が似合いの仕事だろう。

捨之介　俺にはここまでしょいこめねえ。浮世の義理を全て流して、三途の川に捨之介ってのが今の通り名だ。

蘭兵衛　……捨之介？　ふん。随分とうがった名前だな。

捨之介　そうかな。あんたもご同様だと思うけどな、無界屋蘭兵衛さん。

蘭兵衛　馬鹿にしに来たのか。

捨之介　そんなことはねえ。良い道を選んだ。そう思う。

真顔の捨之介に少々気を呑まれる蘭兵衛。

蘭兵衛　……で、その全て流した筈の捨之介がこの関東に何の用だ。

捨之介　捨てても捨てきれねえ縁が、ここまで足を運ばせた。無界の里の噂を聞いて、もしやと思ったのと、もう一つ。

蘭兵衛　……関東髑髏党か。

捨之介　ああ。秀吉の天下に不満を持っている牢人や無頼の徒達を集め、この関東に二万人。率いるは髑髏の仮面に鋼の鎧、天魔王を名乗る正体不明の男。難攻不落の髑髏城を築いて秀吉を狙う。それが妙に気に掛かってね。

蘭兵衛　……人《じん》の男か。

捨之介　あんたもそう思ってるんだろう。

蘭兵衛　こうして二人が生き残っている以上、奴だけが死んだとは考えられない。なにせ、誰より己の名と命に貪欲な男だったからな。

捨之介　……二・三日、留守にしていたようだが、どこに行っていた。

蘭兵衛　髑髏城の様子を見にな。城は造り終えて、いくさ支度も始まっていた。秀吉は恐らく力押しで来る。あんな守りで、いくさ上手の秀吉軍にどこまでもつか……。

捨之介　自分がやればもっとうまくやれる。そう思ってるんじゃないだろうな。

蘭兵衛　……。
捨之介　やめたほうがいい。その考えは身を滅ぼすぞ。
蘭兵衛　お前に心配される俺じゃない。今の身の上は充分にわかっている。もう未練は捨てた。
捨之介　ならいいが。

と、極楽が駆け込んでくる。

極楽　蘭兵衛さん。
蘭兵衛　どうした。
極楽　沙霧がいなくなった。部屋で寝かしてちょっと目を放した隙に。
捨之介　しまった。追うぞ、蘭兵衛。
蘭兵衛　なぜ。
捨之介　沙霧の命があぶねえ。
蘭兵衛　だからなぜ。
捨之介　多分、あいつは熊木衆だ。
蘭兵衛　熊木？　あの築城術のか。
捨之介　そうだ。関東髑髏党の城は、半年やそこらで出来あがったんだろう。そんなことが出来るのは、熊木の連中しかいねえ。
蘭兵衛　じゃあ、絵図面って、髑髏城の……。

捨之介　そういうことだ。
蘭兵衛　なぜ早く言わない。
捨之介　まさか、今逃げ出すとは思わなかった。
蘭兵衛　だからお前は。
捨之介　小言ならあとだ。急がねえと。
極楽　わかった。みんなにも声をかける。

駆け去る極楽。

捨之介　行くぞ。

捨之介と蘭兵衛、極楽と別方向に駆け出す。

×　×　×　×

無界の里から少し離れた場所。
駆け込む捨之介と蘭兵衛。
と、ただならぬ気配に足を止める二人。
黒甲冑の兵団が現れて、捨之介達の回りを取り囲む。鉄機兵達だ。指揮するのは安底羅《あんちら》の猿翁《えんおう》。彼らが整列すると、その中央からゆっくりと異形の鎧に身を包んだ男が現れる。
関東髑髏党党首、天魔王《てんまおう》である。鋼で出来た黒ずくめの鎧兜に髑髏の面が里の灯りに妖しく映える。

天魔王　待っていたぞ。無界屋蘭兵衛、そして捨之介か。
捨之介　……貴様が天魔王か。
天魔王　その通り。天魔の御霊《ごりょう》、第六天魔王。
蘭兵衛　その名前、よくもぬけぬけと……。

と、仮面をはずす天魔王。その素顔を見る捨之介と蘭兵衛。二人うなずく。

蘭兵衛　やはり貴様か。
捨之介　しぶとい男だよ。

と、笑い出す天魔王。

天魔王　そうだ、俺だよ。嬉しいねえ。この焼けただれた顔を、一目見ただけでわかってくれる。さすがは昔なじみだ。待っていた甲斐があった。
蘭兵衛　待っていた？　俺達をか。
天魔王　ああ、殿が朽ちたあの日から、ずっとずっと待っていたのさ。天の夢の続きを見るために。

蘭兵衛　人の男風情が天を仰ぐか。くだらん。身の程を知れ。
捨之介　やめとけやめとけ。俺達の夢は天の殿様が倒れたところで潰えた筈だ。今更、人が天になろうとしても、二本横棒が足りねえよ。
天魔王　だから待っていたと言っているだろう。お前達二人を。
蘭兵衛　貴様……。
捨之介　蘭兵衛、こいつの言葉を真に受けるな。ばかばかしい。人の字に俺達二人足したって、天にはならず、夫になるのが精いっぱいだ。
天魔王　はん。そうやって斜に構えて何が生まれる。
捨之介　なんだと。
天魔王　捨之介などと気取っているが、お前は何にも捨てちゃあいない。ただ目をつぶっているだけだ。己の臆病さにな。
捨之介　言うじゃねえか。
天魔王　目を開けけば見えるはずだ。潰えたはずの夢が鮮やかに蘇っているのを。
捨之介　その夢は、どれだけの人の血で描くつもりだ。
天魔王　さて、どれほどかな。流した血潮が多ければ多いほど、より鮮やかな色になるさ。
蘭兵衛　それが本音か。
天魔王　いや。まだとば口だ。
捨之介　だとすれば、お前の行く道は人の涙が多すぎる。俺はもう御免なんだよ。

言い放つ捨之介。

天魔王　だったらどうする。

捨之介、そばにいた鉄機兵の刀を奪う。が、捨之介をとめる蘭兵衛。

蘭兵衛　待て。お前は見ていろ。

捨之介　え。

蘭兵衛　貴様風情が、殿の衣鉢《いはつ》を継ぐなどという思い上がり。正すのは俺の仕事だ。

天魔王　ほう。

身構える猿翁や鉄機兵。だがそれを制して天魔王が一歩前に出る。挑発しているのだ。

蘭兵衛　参る。

と、天魔王に打ちかかる蘭兵衛。が、天魔王の鎧に弾き返される。

蘭兵衛　なんだと⁉

天魔王　我こそは天魔の御霊。人間の武器では傷つかぬ。

蘭兵衛　ほざけ！

再び打ちかかる蘭兵衛。その剣を摑むと、天魔王、自分の焼けただれた顔に近づける。

天魔王　見ろ、この焼けただれた顔を。これこそは天魔の刻印。地獄の業火で焼かれた跡だ。本能寺という地獄でな。

蘭兵衛　なに……。

天魔王　我が殿、織田信長の恨み忘れたか、森蘭丸!!

蘭兵衛　!!

ハッとする蘭兵衛。その様子をみて捨之介が割って入る。

捨之介　しっかりしろ、無界屋蘭兵衛！　おめえは色街無界屋の主、蘭兵衛だろうが。そいつの言葉に耳を貸しちゃならねえ！

天魔王　うるさい蠅が。

襲う捨之介の剣も弾き返す天魔王。

天魔王　効かぬ、効かぬ、効かぬわ！

いったん離れる捨之介と蘭兵衛。

捨之介　……その鎧、南蛮物か。
天魔王　その知ったような口、かわらないな。だが、分かったからと言って貴様に何が出来る。
捨之介　さてね。やらなきゃならないことなら、わかってるけどな。
天魔王　ほう、なんだ。
捨之介　戦国の悪夢を繰り返さねえことだ。

その言葉は天魔王だけでなく蘭兵衛にも放っている。天魔王苛つくが表面上は軽く笑う。

天魔王　……死ね。

捨之介に襲いかかろうとする天魔王。
と、そこに駆け込んでくる二郎衛門。

二郎衛門　待った待った待った待ったー！
蘭兵衛　なに⁉︎（二郎衛門の顔を見て驚く）

天魔王と猿翁も二郎衛門の顔を見て驚く。

二郎衛門　貴様が噂の天魔王か。三界に枷なしのやせ牢人、狸穴二郎衛門まいる。（刀を抜く）

捨之介　やめろ。へたに手ぇ出すと大怪我するぞ。

二郎衛門　そうはいかん。儂もこの里が気に入ったのよ。

襲いかかろうとする鉄機兵を止める猿翁。

猿翁　よせ、お前達。天魔王様、ここは。

天魔王　何を臆する、猿翁。

猿翁　いや、ここは。まだ、時満ちてはおりませぬ。

天魔王　（猿翁の言葉に納得すると、捨之介達に）天に唾する愚かさを知らぬ痴れ者どもよ。少し考える時をやろう。ともに天を目指すか、それとも死ぬか、次に会うときまでに決めておけ。

嗤いながら立ち去る天魔王一党。

蘭兵衛　待て！

捨之介　やめろ、蘭兵衛。今の俺達じゃかなわねえ。

キッと捨之介を睨む蘭兵衛。捨之介、その視線を柔らかく受け止める。

捨之介　あんたもわかってるんだろう。

蘭兵衛　……。（不承不承に納得する）

捨之介　（二郎衛門に）どうやらあんたに命救われたようだな。

二郎衛門　うむ。おぬしとはもう少し女性《にょしょう》談義をかわしたかったからな。

捨之介　どうだか。

蘭兵衛　（二郎衛門を見て）なぜ、ここに……。

二郎衛門　諸国流浪のやせ牢人、狸穴二郎衛門。評判の無界の里に遊びにきたのですが。この里は大変よろしい。害をなそうという輩は拙者が許しませんぞ。

蘭兵衛　……しかし。

その時、遠くで銃声。

捨之介　いけねえ、沙霧だ。行くぞ、蘭兵衛。

まだ二郎衛門を見ている蘭兵衛を引っ張って駆け出す。

二郎衛門　あ。おい、待て。

後に続く二郎衛門。

――暗　転――

【第四景】

少し時間は戻って。無界の里の近く。
夜の闇に乗じて逃げている沙霧。
と、突然彼女に襲いかかる一人の鉄機兵。

沙霧　よせ、放せ！
沙霧の抵抗にも関わらず、懐から巻紙を引き抜く鉄機兵。

沙霧　返せ！
刀を突きつける鉄機兵。

鉄機兵　動くな。（絵図面を見る）これは髑髏城の絵図面か。そうなんだな。

しぶしぶうなずく沙霧。
彼女を刀で牽制しながら、兜をとり素顔を見せる鉄機兵。その顔、三五である。

三五　よし、やった。

そこに駆けつける兵庫と荒武者隊。

兵庫　三五、てめえ。
三五　兵庫か、なんで。
青吉　俺達荒武者隊が、常に無界の里の周りを巡回していること忘れたか。
白介　中には金がないから入れないからな。
黒平　里の周りで太夫の匂いを嗅いでんだ、兄貴は。
沙霧　切ないなあ。
三五　（沙霧を刀で牽制し）動くな。絵図面さえもらえれば、お前達に手出しはしない。争い事は嫌いなのだ。
兵庫　てめえは、骨の髄まで髑髏党に成り下がったか。
三五　髑髏党ぉ？（ペッと地面に唾を吐く）やめたやめた、あんなとこ。
兵庫　え？
三五　わかる。この鎧。すげー重いの。ハンパなく重いの。でも他の連中は鉄機兵とか呼ばれていい気になってる馬鹿ばっかり。俺の知性とは相容れない。何が仲間には血の絆だ。ていのいいパシリじゃねえか。

兵庫　じゃ、なんでその絵図面を。

三五　さっき無界に乗り込んだときに、戦わずに隠れて様子を伺っていたのだ。他の馬鹿とは頭が違うのだよ。この絵図面は、豊臣の軍に持って行く。そして、家来に取り立ててもらう。髑髏党なんか、豊臣軍に比べればダンゴムシ。丸めてポイだ。

沙霧　……なんか、ひどいな。あんた。

三五　なめてもらっては困るな。俺の手の平返しは稲妻より早い！　じゃあな。

と、立ち去ろうとする所に水神坊が現れる。

三五　あ。

と、三五、電光石火の早業で踵を返して、沙霧を羽交い締めにすると、口を押さえる。さっきまでの態度から豹変。一気にへりくだる。

三五　沙霧を捕らえましたぞ、水神坊様。

水神坊　お前は？

三五　お忘れですか。あなたが私を髑髏党に誘ったのですよ。

水神坊　そうだっけ。
三五　鉄機兵の小田切三五、小田切三五。お探しの髑髏城の絵図面、この小田切三五が手に入れました。

絵図面を差し出すと受け取る水神坊。

水神坊　（絵図面を見て）おお、確かに。お手柄だぞ、あー。（名前が覚えられない）
三五　小田切三五。不肖小田切三五、髑髏党のためならたとえ火の中水の中。一命を賭して働く所存にございます。
兵庫　ほんとにお前という奴は。
水神坊　わかった。その女を連れて髑髏城に戻るぞ。
三五　おまかせを。あばよ、兵庫。

そこに銃声。足止めされる髑髏党。
火縄銃を持った極楽太夫やおよし、おゆうと無界の女達が現れる。

兵庫　太夫！

三五が虚を突かれた隙をついて、物陰に逃げる沙霧。

極楽　絵図面を返しなさい、髑髏党。さもないと。
水神坊　さもないとどうなる？

と、極楽、銃を撃つ。水神坊の持っていた得物が弾き飛ばされる。極楽、おゆうが持っていた銃と交換。極楽、すぐに銃を構える。おゆう、それに弾ごめする。

極楽　抵抗すれば、今度はあてる。

が、その時、沙霧の首に得物を当てた姫跳が現れる。

姫跳　そうはいかない。
およし　あれ、あんたはさっき鎖で縛って納屋に。
姫跳　私の脂性《あぶらしょう》をなめないでもらおうか。鎖で縛られてもつるつるつるっと抜けるのさ。さあ、お前が引き金を引くのと、私がこの女の喉笛をかき斬るのと、どっちが早いかな。
極楽　沙霧を殺したら、あんた達の命はない。
姫跳　天魔王様の機嫌を損ねたら、いずれにしろただじゃすまないの。こちらもあとがないってわけ。
水神坊　偉いぞ、姫跳。

極楽　く……。

睨み合う水神坊・姫跳対極楽たち。

水神坊　妙なことを考えるなよ、田舎武者。その時はこの娘が死ぬぞ。
兵庫　……しかし、これじゃ、どっちも動けねえ。

と、姫跳が突きつけていた得物を自分で摑む沙霧。そのまま首に押し当てる。

極楽　沙霧！
沙霧　絵図面はあげる。その代わり私を解き放って。
水神坊　なに。
沙霧　髑髏城に連れて行かれるくらいなら自分で死ぬ。でも、そうしたら確実にあんた達はここで撃ち殺される。それでもいい？

と、得物を首に押し当てる沙霧。

姫跳　（困惑する）水神坊……。
水神坊　俺を頼るな。

三五　水神坊様、命あっての物種ですよ。絵図面があれば天魔王様も満足なされます。
水神坊　そうかな。
三五　そうです。
水神坊　姫跳。
姫跳　く。

姫跳、沙霧を極楽達の方に押し出す。
受け止める兵庫。
その隙に逃げ出す姫跳、水神坊、三五。
と、捨之介、蘭兵衛、二郎衛門が駆けつける。

捨之介　どうした。
極楽　大丈夫、沙霧は取り戻したわ。

沙霧、緊張が解けて座り込む。

兵庫　太夫、どうして鉄砲なんか⁉
極楽　私たちは雑賀《さいか》党の生き残り。このくらいはわけはない。
捨之介　雑賀党だと。あの鉄砲衆のか。どういうこった。

蘭兵衛　こいつらは秀吉に逆らって滅ぼされた雑賀党の女たちだ。死にかけた俺も助けてくれた。
極楽　助けてくれたのは蘭兵衛さんだよ。あんたが仕切ってくれたから、私達はここまで生き延びて、この無界の里をつくることができた。
二郎衛門　みんな、いろいろあるのお。

座り込んでいる沙霧に話しかける捨之介。

捨之介　無事でよかったな。安心したよ。
沙霧　え……。
極楽　……でも絵図面が。
兵庫　くそう、三五の野郎……。
捨之介　三五？　あの裏切り男か。
兵庫　ああ、あいつに奪われちまった。
蘭兵衛　本当に髑髏城の絵図面だったのか。
沙霧　……。
兵庫　ああ、そう言ってた。
二郎衛門　なるほど。今から大坂相手にどでかい喧嘩仕掛けようという時だ。城の絵図面なんぞが敵方にわたっちゃあ、そりゃまずい。髑髏党も必死になるわけだ。

極楽　大坂？
二郎衛門　なんでも関白、豊臣秀吉の軍が二十万近い兵を率いて、関東にむかっとるらしい。
極楽　二十万……。
蘭兵衛　ふん。無能な奴ほど数に頼る。
捨之介　いよいよ関東潰しか……。
二郎衛門　潰したいのは、天魔王だろう。誰でもいい。奴の首をとったら金五百枚。賞金までかけてるらしいからな。
兵庫　賞金かけた上にその大軍か。どれだけ脅えてんだよ、秀吉の野郎。
二郎衛門　それだけ本気ということだな。天魔王討伐は。
捨之介　……沙霧、お前、熊木衆だな。

うなずく沙霧。

二郎衛門　熊木衆、あの築城術の。
兵庫　築城術？
二郎衛門　城を築くことにかけちゃあ右に出る者なしといわれる集団だ。一族の長は赤針斎《せきしんさい》という天才だとか。が、その絵図面を、どうして持ち出した。
沙霧　……恐くなったんだよ、天魔王が。秀吉の軍に負けない城を。その気持ちで作ってたのに、天魔王はこっちが思ってた以上に恐ろしい男だった……。

捨之介　二十八人。お前の一族、皆殺しか。
蘭兵衛　死人に口なし。あいつらしいやり口だ。
兵庫　たまんねえなあ……。
沙霧　……三河の徳川家康の元に走って、お前だけでも命を救ってもらえって。家康なら調子のいい奴だから適当にべんちゃらいっときゃなんとかなるって、そう、じいちゃんが……。なのに、結局……。みんな、ばかだ。
二郎衛門　赤針斎殿まで、やられたのか……。
沙霧　多分……。
兵庫　でも絵図面を渡したから、もう大丈夫……ってそんな甘い相手じゃねえか。
捨之介　だろうな。
二郎衛門　また、戦《いくさ》になるか……。
極楽　蘭兵衛さん、わたしら戦うよ。もうどこにもいけないもの。いくさで村を焼かれてボロボロになって、この関東に流れ着いて、やっと作ったこの街なんだ。この無界が最後の砦。ここがなくなったら、どこに行ってもおんなじ。腹はきめてるよ。

女達、うなずく。

蘭兵衛　髑髏党二万人相手にどう戦う。
兵庫　決まってらあ。二万回ぶん殴るだけのことだ。

蘭兵衛　兵庫。
兵庫　なに、おじけづいてるんだ。髑髏党二万人、秀吉軍二十万人。あわせて二十二万回ぶん殴ればすむだけのことじゃねえか。
蘭兵衛　無茶を言うな。
兵庫　おいおい。無茶を通すのが俺達傾奇者だろうが。そんな言葉は馬の耳の大仏だぜ。
捨之介　念仏だな。
兵庫　（気にせず）いいか、よーく覚えとけ。この無界の里を護るのは、桓武平氏の流れを組んだ坂東武者の、この関八州荒武者隊だ。いーや、とめても無駄だ。惚れた女を守るためでっけえ敵と戦う。男冥利に尽きるってもんだぜ。な、太夫！

と、そこに現れる礒平。

礒平　なに、格好つけとるだ、兵六《ひょうろく》。
兵庫　あ、あにさ。
一同　あにさ？
兵庫　あ……。
礒平　やっと、やっとみつけただに。何が桓武平氏だ。おめさは、ただの水飲み百姓のせがれでねえだか。さ、村さけえっぺ。おっとうもおっかあもまっとるだに。
兵庫　ど、どなたさまですかね、あなたさまは。

礒平　とぼけても遅いだに。おめさのあにさの礒平だ。ほれ、この顔忘れただか。村のもんもみんなおめえの罪は許すいうとるだ。この関東はおっそろしいとこだ。こんなとこ、いるもんでね。
兵庫　もう、やだなあ。おじさん、何か勘違いなさってる。俺は兵庫。
礒平　うんにゃ、おめえは兵六だ。おらの目に狂いはねえだ。さ、けえっぺ。ふが。

礒平、兵庫にみぞおちを殴られて気を失う。

兵庫　おや、どうしたのかな。気分でも悪くなったのかな。おめえたち、このおっさんを向こうに連れていけ。
荒武者隊　へ、へえ。

気絶した礒平を連れていく荒武者隊。

兵庫　とにかく、俺はやる。太夫、みていてくんろ！
極楽　くんろ？
兵庫　……。（顔色を変えて走り去る）
極楽　（その後ろ姿を見送って）……馬鹿ねえ。
蘭兵衛　まったくだ。恐い物しらずにもほどがある。

二郎衛門　が、ひょっとしたら、今一番武士《もののふ》らしい武士《もののふ》かもしれんなあ。もう少し厄介になるぞ、蘭兵衛殿。（立ち去る）

蘭兵衛　……あの狸親父、何を考えてる。

捨之介　敵に回るつもりならとっくに回ってるだろうさ。心配するな。お前が無界屋蘭兵衛である限り、あいつも狸穴二郎衛門だろうよ。行け。

と、懐から伝書鳩を出して飛ばす捨之介。

蘭兵衛　しかし……。

捨之介　ここは兵庫が言う通りかもしれねえな。こんないい街潰されてたまるかよ。

蘭兵衛　いい街？

捨之介　ああ、女達はべっぴんで男達はみんな馬鹿。こんな街はそうざらにはねえぞ。あんたにしちゃあ上出来だ。

蘭兵衛　そうかな。

捨之介　ああ。

蘭兵衛　いい街か……。やってる本人がわかってねえようじゃ仕方ねえなあ。

極楽　蘭兵衛さん……。

捨之介　いいか蘭兵衛。三日で戻ってくる。それまでは、自分の心にどんな波風が立とうが、知らぬ顔の蘭兵衛を決め込んでくれ。

蘭兵衛　なに企んでる。
捨之介　秀吉よりも先に天魔王を倒す。それが、この街を護る最後の手だ。
沙霧　捨之介……。
捨之介　（沙霧に）お前はここにいろ。もうヘタに動くんじゃねえ。太夫、沙霧を頼む。
極楽　まかせて。この里は女の救い里だよ。
捨之介　いい女っぷりだ。惚れ惚れするね。
極楽　惚れてみる？
捨之介　決めた男がいる女を口説くような野暮はしねえ。
極楽　え。

蘭兵衛を見る捨之介。

捨之介　（蘭兵衛に）俺達は勝てる。だから決して先走るな。今度は間に合わせる。必ずな。
蘭兵衛　……お前。
捨之介　俺を信じてくれ。頼む。

掛け去る捨之介。

極楽　妙な男だねえ。

沙霧　ほんとに。
極楽　……蘭兵衛さん。
蘭兵衛　なんだ。
極楽　怖い目をしているよ。初めてあった頃のような。
蘭兵衛　（笑顔を作り）そんなことはない。
極楽　流れ流れて、この関東にたどりついて、ようやくここまで作り上げたんだ。あたしとあなたで救いの里を。
蘭兵衛　ああ。
極楽　今更昔には戻れない。戻っちゃいけない。
蘭兵衛　大丈夫だ。お前達を心配させるようなことはしない。
極楽　ほんとだね。
蘭兵衛　ああ。

そっと蘭兵衛の手を握る極楽。思いを伝えるように彼を見つめる。うなずく蘭兵衛。少しの間。極楽の方から手を離す。

極楽　いくよ、沙霧。
沙霧　う、うん。

女達も立ち去る。一人残る蘭兵衛。

蘭兵衛　天魔の刻印だと。ふざけたことを……。

捨之介の言葉も気になるが、やはり天魔王の言葉をふっきれない。決意する蘭兵衛。

——暗　転——

【第五景】

とある山奥。暗闇。
カーン、カーンと刀を打つ音。
明るくなる。自分の打った刀に見ほれている刀鍛冶。贋鉄斎《がんてつさい》である。
顔や身体に幾つもの刀傷がある。

贋鉄斎　美しい、刀とはまっこと美しい。

と、打っていた刀を持つと見ほれる。

贋鉄斎　この反り、この刃紋。持ってよし。（刀を振り）振ってよし。この贋鉄斎、会心の一振りだ。この名刀にふさわしい名を授けよう。おぬしの名は……、あけみ。よろしくな、あ、け、み。（と、いい声で口説くように名を呼ぶ）

と、あけみが答える。もっとも贋鉄斎が手に持った刀を動かして、声色を変えて喋っているだけなのだが。

あけみ　いやん、こちらこそよろしゅうに。だんさん、ええ男どすなあ。
贋鉄斎　お、あけみちゃん、浪速の出かな。
あけみ　浪速ちゃいます、京都どすえ。
贋鉄斎　京女！　都の女性《にょしょう》ですか。くー、たまらんなあ。あけみ。
あけみ　いやん。

と、抱きしめようとする贋鉄斎。逃げる刀。
もちろん贋鉄斎の一人芝居だが本人は真剣。

贋鉄斎　なぜ逃げる、あけみ。
あけみ　まだ日も高い。だんさん、せっかちどすえ。
贋鉄斎　あー、もう、たまらんちんですよ。

と、後ろに置かれていた別の刀、まさこが怒鳴る。もちろんこれも、贋鉄斎の声色。

まさこ　あんたー‼　何してるの、あんた‼
贋鉄斎　まさこ⁉

と、その刀を拾い上げる贋鉄斎。右手にあけみ、左手にまさこを持っている。まさこは鞘に入っているので、贋鉄斎、口でまさこの鞘を抜く。あけみに食ってかかるまさこ。

まさこ　人がちょっと鞘に入ってる間に、また浮気!?　このごくつぶし!
贋鉄斎　違う、違うんだ、まさこ。
あけみ　だんさん、この乱暴なおばさんは!?
まさこ　何がおばさんよ、この泥棒刀!

と、まさこ、あけみに襲いかかる。

あけみ　あいたたた。何すんねん、こんどぐされが!（急に言葉使いが悪くなる）
まさこ　私がどぐされならあんたはなまくらよ!

二人の刀が鍔競り合う。

贋鉄斎　やめろ、二人ともやめろ。わしのために喧嘩はやめろ。
まさこ　やかましい。
あけみ　もとはといえばわれが。

と、二刀、贋鉄斎に斬りかかる。傷つく贋鉄斎。

贋鉄斎　うわあ！　痛い痛い痛い。

その騒ぎの最後の方から、捨之介が現れている。あまりのことに黙って見ていたが、ここで声をかける。

捨之介　……贋鉄斎。

我に返る贋鉄斎。

贋鉄斎　捨之介。

あわてるあけみとまさこ。

あけみ　いやや、みっともない。
まさこ　おはずかしいところをお見せして。

と、二刀、互いに刃を見せて向かい合う。目と目があった風。

二刀　ふん。

と、互いに峰を向け合う。背を向ける気分だ。

贋鉄斎　捨之介、そいつをとってくれ。

と、置いてあった二刀の鞘を示す。

捨之介　これか。

と、鞘を持つ。二刀をその鞘におさめる贋鉄斎。

贋鉄斎　よし、これで元の鞘におさまった、と。

呆れて見ている捨之介。

捨之介　……お前、その傷全部、そうやって作ったんじゃ……。

贋鉄斎　それが刀に一生を捧げた男の勲章。
捨之介　難儀だなあ。
贋鉄斎　（二刀を隅に置くと捨之介の方を向き）やっと現れたな、今は捨之介だったたか。
捨之介　ああ。
贋鉄斎　何度も名前を変えるな。覚えるのが面倒くさい。
捨之介　悪い。一切、昔を捨てるつもりだったが。
贋鉄斎　ここに来たってことは、そうもいかなくなったってことか。
捨之介　まあな。鳩を飛ばしたが手紙は受け取ったか。
贋鉄斎　どんな刀も、鉄砲の弾さえも弾き返す無敵の鎧とかだったな。
捨之介　ああ。そいつを叩き斬る刀を打って欲しかった。
贋鉄斎　安土の城で見たことがある。あの、風呂椅子とかなんとかいう南蛮人が持ち込んできた。わしもからくりは嫌いじゃないからな。あれはなかなか面白かった。
捨之介　その無敵の鎧に身を包み、もう一度信長公の夢をかなえようとしている男。それが天魔王だ。
贋鉄斎　天魔王？
捨之介　その正体は、人《じん》の男だよ。
贋鉄斎　……随分となつかしい名前だな。お前、奴と戦おうってのか。
捨之介　ああ。
贋鉄斎　やめておけ。人斬りの技なら奴の方が上だ。おまけに南蛮物の無敵の鎧。お前がかな

捨之介　うわけがない。
贋鉄斎　わかってる。それでも、奴を止めるのが俺の仕事だ。
捨之介　……。
贋鉄斎　無敵の鎧をうちやぶる刀がどうしてもいるんだ。打てるのはお前しかいない。力を貸してくれ、贋鉄斎。
捨之介　……あと、一晩で打ち上がる。
贋鉄斎　え？
捨之介　あと一晩で打ち上がる。そういう刀を打ってくれと手紙に書いたのはお前だろうが。
贋鉄斎　あ……、すまねえ。
捨之介　かなわないものをかなうようにする。そういう仕事が一番面白い。
贋鉄斎　……なあ、頼んだ刀で何人斬れる。
捨之介　一人に決まってる。無敵の鎧一つだけ。その前に刃こぼれはおろか、血糊一つついても斬り損ねるぞ。
贋鉄斎　そうか。……じゃあ、百人斬れる刀が打てるか。
捨之介　無理だな。斬って五人、突いて十人。どんな名刀だろうと血糊や人の油がつけば切れ味は鈍る。……だが、一つ手はある。
贋鉄斎　どんな。
捨之介　（不敵に笑い）斬るたびに研ぐ。突くたびに打ち直す！
贋鉄斎　……。（去ろうとする）

贋鉄斎　まあ待て。焦るな。俺もついて行くぞ。
捨之介　え？
贋鉄斎　無敵の鎧と必殺の斬鎧剣《ざんがいけん》、どっちが勝つか、見届けないと。
捨之介　斬鎧剣？
贋鉄斎　鎧を斬る剣《つるぎ》と書いて斬鎧剣。あと一晩あれば打ち上がる。その辺で待ってろ。
捨之介　……いや、どうも胸騒ぎがするんでな、一足先に戻ってる。俺の居場所はここだ。
（と、紙切れを渡す）
贋鉄斎　まかせろ。

駆け去る捨之介。贋鉄斎、さきほど隅に置いていた刀の元に戻る。鞘を抜き声をかける。

贋鉄斎　待たせたね、あけみ。
まさこ　まさこよ！
贋鉄斎　あ。

と、贋鉄斎に斬りかかるまさこ。贋鉄斎の悲鳴。彼の姿は闇に溶ける。

×　　×　　×　　×

翌夜。関東。笛の音が聞こえる。
一面の蘭畑。

そこに立つ一人の男。蘭兵衛だ。
三尺はあろうかという鉄製の巨大な横笛を吹いている。
その笛に誘われるかのように現れる髑髏党の鉄機兵達。

鉄機兵1　貴様、何者だ。
鉄機兵2　ここから先は髑髏城。怪しい者は誰一人通しはしない。
蘭兵衛　どけ、死にたくなければな。

一歩進む蘭兵衛。

鉄機兵1　やれ。

襲いかかる鉄機兵。
蘭兵衛、鉄笛で応戦。

蘭兵衛　やめろやめろ。この笛は黄泉《よみ》の笛。あの世とこの世の端境《はざかい》で鳴く縁切り笛だ。あんまりこいつを鳴かせるな。

襲いかかる鉄機兵。笛を二つに分けて二刀流で応戦する蘭兵衛。鉄機兵を全員うち倒す。

蘭兵衛　この程度の連中に守られて、いい気になっているのか、あの男は。

笛を一つに戻す蘭兵衛。そこに現れる猿翁。

猿翁　無礼はお詫びいたします、無界屋蘭兵衛殿。
蘭兵衛　おぬしは。
将監　安底羅の猿翁と申します。先日は。（と、頭を下げる）天魔王様がお待ちです。さ、こちらに。

先に行く猿翁。

蘭兵衛　さて、無界屋蘭兵衛最後の大あきないだ。武士を捨て意地を捨て昔を捨て殿を捨てて拾った命だ。安くはないぞ、天魔王。

一人言い放つと、奥に向かう蘭兵衛。
と、蘭畑の向こうに沙霧が現れる。
蘭兵衛の行方を見ると、何ごとか決意したように、駆け出す。

第一幕・幕

―第二幕―

一捨穿理

【第六景】

髑髏城天魔の間。
待っている蘭兵衛。その後ろを多くの鉄機兵が駆け抜けていく。自分を襲いに来たのかとハッとする。が、そのまま通り過ぎていくため、緊張をゆるめる。今度は逆方向から鉄機兵が通り過ぎる。腑に落ちる蘭兵衛。

蘭兵衛　なるほど。秀吉軍を迎え撃つのに大わらわということか……。

と、そこに現れる天魔王。天魔の鎧を脱ぎ、片足をひきずっている。前と違い、妙にへりくだった仕草。

天魔王　おお！　よく来てくれた、蘭丸兄者《あにじゃ》！

蘭兵衛　蘭兵衛だ。無界屋蘭兵衛。

訂正する蘭兵衛の言葉に耳を貸さず、足を引きずりながら駆け寄る天魔王。満面の笑み。

天魔王　先日は悪かった。捨之介などという愚か者が一緒だったから、ああいう態度をとらざるをえなかった。だが、あなたならきっと来てくれる。そう信じていた。待っていたぞ、兄者。

と、蘭兵衛の手を取ろうとする天魔王。その手を振り払う蘭兵衛。

蘭兵衛　貴様の兄になど、なった覚えはない。
天魔王　ああ、そうだ。兄者はそうかもしれん。でも、俺はいつもあなたに憧れていた。信長公に、あの難しいお方に仕えて、抜かりなく差配されていたあなたに。

と、足を引きずりながら言う天魔王。

蘭兵衛　貴様、その足……。
天魔王　これか。これも本能寺で受けた傷だ。殿の最期を看取ってな。
蘭兵衛　なに……。
天魔王　天魔の鎧が動きを補ってくれるが、はずせばこのざまだ。いや、兄者が気に病むことではない。殿はあなたに生きよと命じた。誰よりも森蘭丸が散るのを惜しんだのは信長公だ。あなたはその命に従っているだけ。何も恥じることはない。俺は、兄者のかわりをしただけのこと。

蘭兵衛　……。

天魔王　そんなことより、今はこちらだ。

　　と、絵図面を広げる。

天魔王　秀吉の軍、二十余万。まもなく駿府に入るとの知らせを受けた。いよいよ関東征伐だ。

蘭兵衛　もうそこまで。

天魔王　（絵図面をさし）ここが小田原城、ここが髑髏城。秀吉の軍、陣をはるならこのあたりだ。

蘭兵衛　違うな。この石垣山のあたりだ。

天魔王　え。

蘭兵衛　北条をにらみながら、髑髏党攻めを行うには、石垣山こそが好都合。

天魔王　ああ、ああ、その通りだ。さすが蘭丸兄者。

蘭兵衛　猿芝居はよせ。そのくらいわからぬ貴様ではあるまい。俺を調子にのらせようとしてもそうはいかん。

天魔王　すべてお見通しか。ならば、こちらの守りの薄さも気になっていただろう。

蘭兵衛　……貴様、気付いていたのか、俺がこの城を探っていたのを。

天魔王　もちろん。

蘭兵衛　……貴様。

天魔王　だが心配ならば無用だ。それこそがこちらの策。秀吉の馬鹿が。まんまと餌にくいついてきた。

蘭兵衛　餌？

天魔王　今、豊臣の軍は関東に集中している。大坂は丸裸の状態だ。この隙をついて、一気に大坂を叩く。

蘭兵衛　しかし、そんな軍がどこに。

天魔王　海の向こう。エゲレス海軍がスペイン無敵艦隊を破り、この黄金の国ジパングに向けて航海中だ。

蘭兵衛　エゲレスだと。

天魔王　その話をつけるのに八年かかった。奴等には九州をくれてやる。もともと金と力で大名達を抑えてきた秀吉だ。肝心の大坂城を失えば、毛利も上杉も、第一あの家康がおとなしくしていると思うか。この世は再び戦国の世に戻る。わくわくするだろう、兄者。

目を輝かせる天魔王。その勢いに一瞬のまれる蘭兵衛。だが、我に返る。

蘭兵衛　……今日はそんな話で来たのではない。

天魔王　では何の話だ。

蘭兵衛　商売の話だ。
天魔王　商売？
蘭兵衛　鉄砲三百挺。

急につまらなそうな顔になる天魔王。態度もふてぶてしくなる。

天魔王　雑賀の女達か。
蘭兵衛　聞いているなら話は早い。
天魔王　鉄砲三百挺。それで俺から何を買う。
蘭兵衛　無界の里の女たち、その命。

天魔王、金箔の盃に酒を注ぎ飲む。酒だ。
一口のむ天魔王。

天魔王　……仲間の命請いか。
蘭兵衛　あやつらがいたから、とにもかくにもここまで生きていた。今度は私の番だ。豊臣軍を迎え撃つのにまんざら悪い話ではなかろう。
天魔王　つまらんなあ。
蘭兵衛　……それは残念だ。（と、太刀掛にあった剣を奪い引き抜く）

天魔王　……俺を斬るか。

と、立ち上がる天魔王。

打ちかかる蘭兵衛、その太刀筋は早い。

だが、徒手空拳でそれをかわす天魔王。足は悪いが動きは素早い。

天魔王　さすがだな、商売だ何だとご託を並べるよりも、剣を持っている方が、余程生き生きと見える。

蘭兵衛　ふざけるな。この剣は人を守るための剣だ。俺を地獄から救い、生きる術《すべ》を与えてくれた女を守るためのな。

天魔王　極楽太夫か。女一人のために俺を斬るか。つまらない。斬るのなら、天下のために俺を斬れ‼

と、蘭兵衛の前で大きく手を広げる天魔王。

天魔王　俺を斬って、この髑髏城の城主となれ。髑髏党二万と鉄砲三百挺を使い、秀吉の首を取れ。それが信長公の遺言だ！

動きが止まる蘭兵衛。

蘭兵衛　なに。
天魔王　気づいているのだろう。己自身でも。天下人等と思い上がっている秀吉への怒りを。
蘭兵衛　知っているのだろう。光秀をそそのかしたのはあの猿だということ。
天魔王　ああ。（髑髏の仮面を手に取り）この面を見ろ。この顔に覚えはないか。
蘭兵衛　……まさか、それは。
天魔王　そうだ。これこそ信長公のしゃれこうべ。骨をつなぎ合わせて仮面にした。天魔王は俺であって俺でない。志半ばで倒れた殿の怨念の化身だ。女のために生きるだと。くだらん。その言葉、一番信じていないのはお前自身だろうが！
蘭兵衛　！
天魔王　俺は本能寺で殿を看取った。その首を持って逃げた。この火傷と足の傷はその時のもの。殿の無念がこの傷に宿っている。だから、俺はこの仮面をつけ天魔王を名乗った。本当は、あなたの仕事だ。殿の無念を晴らすのは、森蘭丸、あなたしかいない。

と、ひざまずいて、天魔の仮面を蘭兵衛に差し出す天魔王。

蘭兵衛　……殿……。

天魔の仮面に触れる蘭兵衛。

天魔王　共に戦ってくれ。俺ではない、殿と一緒に！

蘭兵衛、目をつぶりしばし考える。天魔王に手を差し出す。天魔王、蘭兵衛に盃を渡すと酒を注ぐ。それを飲み干す蘭兵衛。正面を見据える。

蘭兵衛　秀吉軍二十万、髑髏党で迎え撃つぞ。
天魔王　では。
蘭兵衛　やるからには勝つ。エゲレスには予定通り大阪城を攻めさせろ。秀吉には帰る場所もない。
天魔王　面白い。

蘭兵衛、絵図面を見る。高笑いする天魔王。
と、天魔王、突然、刀で壁を貫く。
壁の抜け穴から転がり出る沙霧。

沙霧　しまった！

沙霧の前に立つ天魔王。

天魔王　……熊木の娘か。なるほど、抜け穴を通ってここまで来たというわけか。これは、たいした度胸だな。度胸ついでに面白い物を見せてやるか。

と、合図すると鉄機兵が、鎖につながれた傷だらけの老人と中年の男を連れてくる。

沙霧　……おじい。おとう。生きてるの!?

天魔王　今は、かろうじてな。だが、絵図面を取り戻せた今、その必要もなくなった。

天魔王が二人に斬撃。悲鳴を上げ、息絶える老人と男。

沙霧　おじい、おとう!

天魔王　熊木赤針斎か。素晴らしい才能だったが、それゆえに命を縮めた。

沙霧　貴様!

天魔王　沙霧と言ったか。これで熊木衆も一人になってしまったな。

沙霧　許さない。許さないぞ、天魔王。

天魔王　ほう。どうするつもりだ。お前のような何の力も持たない小娘が、刃向かうというのか。この天魔王の首を取ろうというのか。

天魔王、氷の笑みを浮かべて、沙霧を激しく殴る。吹っ飛ぶ沙霧。

天魔王　それがお前の夢か。ならばそれはかなわぬ夢だ、永遠にな。

と、微笑みながら沙霧を殴る。

天魔王　さあ、どうした。聞かせてくれ。他にないのか。貴様ら地を這う者の夢は、希望は。教えてくれないか。

沙霧ののどを摑んで引き寄せる天魔王。
沙霧、苦痛で声が出ない。

天魔王　その夢、ことごとく潰してやろう。それが天に刃向かう報いだ。己の器を知るがいい。

どうと床に沙霧を叩き付ける天魔王。
咳き込みながら、床を這い、うずくまっている蘭兵衛に助けを求める沙霧。

沙霧　蘭兵衛さん、助けて……。蘭兵衛さん……。

絵図面から顔を上げる蘭兵衛。

蘭兵衛　熊木の女か。（と、冷たい目。刀を持つ）……この城の秘密を知る者だ。たとえ女といえど見逃すわけにはいかない。

沙霧　……蘭兵衛さん？

蘭兵衛　無界屋蘭兵衛は死んだ。今の私は亡霊だ。……森蘭丸。その名前で朽ちたはずの怨霊だ。

沙霧　森……蘭丸。

笑う天魔王。

天魔王　そうだ、殺せ、蘭丸。今宵は宴。その女の血は、おぬしの黄泉がえりの宴にふさわしい。

蘭兵衛、沙霧に打ちかかる。
短刀を抜き、必死で避ける沙霧。

沙霧　何やってんだよ！　頼む、正気に戻って！

沙霧の叫びむなしく、蘭兵衛の白刃が彼女を襲う。出てきた抜け穴の場所には、天魔王が立ちはだかり近づけない。

沙霧　なんでだよ。じっとしてろって言われてたじゃないか。捨之介が戻ってくるまでは、先走るなって。

天魔王　捨之介？　あの男に何かを託しているのか。無駄なことだ。奴には何もできん。あいつも俺達の仲間だ。俺と蘭丸、そして捨之介。三人とも一蓮托生の身なのだ。

沙霧　嘘だ。

蘭兵衛　嘘ではない。

天魔王　いいことを教えてやろう。熊木衆の存在を俺に教えてくれたのは、奴だ。お前達の一族を、皆殺しにするきっかけを作ったのは奴なんだよ。

沙霧　……そんな。

天魔王　あきらめろ、小娘。

と、別の壁際に追い込まれる沙霧。

そこで、突然、彼らをにらみつける。

沙霧　もういい、よおくわかった。……まったく、侍ってえのは、どいつもこいつも身勝手なもんだよ。てめえらの思惑だけで世間が回ると思っていやがる。

じりっと下がる沙霧。

沙霧　それであたしを追い詰めたつもりだろうが、一つだけ教えとくよ。この城は、あたしの庭だ。

突然、かき消える沙霧。驚く一同。

天魔王　まだ抜け道があったとは。こざかしい。水神坊。

水神坊、現れる。

水神坊　ここに。
天魔王　熊木の女が潜り込んだ。捕らえよ。
水神坊　は。

沙霧を追って駆け去る水神坊。

天魔王　（蘭兵衛に）では奥の間で軍議を。
蘭兵衛　わかった。

と、二人消えようとする。そこに反対側から猿翁が現れる。気付く天魔王。

天魔王　（蘭兵衛に）すまぬが先に。すぐに行く。
蘭兵衛　ああ。

立ち去る蘭兵衛。猿翁に声をかける天魔王。

天魔王　どうした。
猿翁　……さきほどエゲレスよりの知らせが。
天魔王　おお、待っていた。（歩み寄ると猿翁より手紙を受け取る）……なにぃ。（顔色が変わる）
猿翁　いかが致しました。
天魔王　……地図を書き直さねばならぬな。

足早に立ち去る天魔王。後に続く猿翁。

×　×　×　×

髑髏城内。

沙霧を追う鉄機兵。
その前におぼろに浮かぶ沙霧の影。

鉄機兵1　追え！

と、追おうとするが今度は別方向に彼女の姿が見える。

鉄機兵2　違う、こちらだ。

右往左往する鉄機兵。

沙霧（声）　言ったはずだよ。この城は、熊木の城だ。
鉄機兵1　ええい、ちょこまかとこざかしい。

と、彼女の影のあとを追う鉄機兵達。
彼らが去ると、床から顔を出す沙霧。

沙霧　冗談じゃない。こんなところで死んでたまるか。

と、逃げだそうとしたところに水神坊が現れる。

水神坊　と、逃げられると思ったか。

沙霧　く。

水神坊　(城の絵図面を出して) お前達が作った抜け穴もこの絵図面に書いてある。何が熊木の城だ。ここは髑髏党の城、髑髏城だ。

沙霧　く……。

短刀を構えて水神坊をにらみつける沙霧。

水神坊　ふん、いい目をしているな。こんなところで死にはしない。そういう強い目をしている。そんな目をした娘を殺すのが、俺は大好きなんだ。

沙霧　そうやって、あたしの仲間も殺したのか。

水神坊　仲間? ああ、熊木衆か。ああ、奴らも俺が殺した。みんなしぶとくて殺しがいがあった。楽しかったぞ。

沙霧　許さない!

水神坊　憎め憎め、そのほうがなぶり殺しがいがある。

水神坊が剣で斬りかかろうとしたその時、突然明かりが消え暗闇になる。

水神坊　あれ？

暗闇の中、刀が弾き合う音。沙霧、何者かに救われる。

水神坊　くそう！　明かりだ、明かりを持ってこい！

そういいながら消える水神坊。
と、暗闇の中に人影が浮かび上がる。
捨之介と沙霧だ。髑髏城の闇に潜む二人。

捨之介　大丈夫か、沙霧。
沙霧　お、お前！
捨之介　無界に戻ったら、お前と蘭兵衛の姿が見えないんで、もしやと思ってな。無事でよかった。
沙霧　ふざけるな！（短剣を構える）
捨之介　どうした。
沙霧　お前まであたしを騙したな。安心させようとしても、そうはいかない。
捨之介　俺が？

沙霧　蘭兵衛は裏切った。天魔王についた。そしてお前も仲間だといった。
捨之介　蘭兵衛が……。
沙霧　蘭兵衛じゃない、森蘭丸と名乗った。
捨之介　あのばか……。
沙霧　天魔王が言った。熊木のことは捨之介に、お前に聞いたと。確かにお前は詳しかった、熊木のことにやたらにな！（と、短剣をふりかざす）
捨之介　……。
沙霧　おじいとおとうは殺された。あたしの目の前で！　全部お前のせいだ!!
捨之介　……確かにその通りだ。
沙霧　……くたばれー!!

捨之介に襲いかかる沙霧。動かない捨之介。
彼の首筋を狙う沙霧の刃。が、そこで沙霧の短剣はとまる。

沙霧　……なぜ、よけない。
捨之介　……。
沙霧　黙って斬られるつもりか。ふざけるな！（短剣を下げる。混乱している）なんなんだよ、お前は。
捨之介　……俺はお前を助けにここまで来た。確かに熊木衆を全滅させたのは俺のせいだ。だから、なおのこと、お前だけは助けたい。

沙霧　八年前のことだ。俺と蘭兵衛、そして天魔王の三人は織田信長公に仕えていた。

捨之介　……なんで。

沙霧　信長って、部下の明智光秀の謀反で死んだ……。

捨之介　ああ。蘭兵衛と天魔王は殿の小姓として殿の側に仕え、俺は地に潜り世間を探った。熊木衆と関わったのもその時だ。築城術に長けた漂泊の民の存在を天魔王に知らせた。奴が、俺と殿とのつなぎの役目だった。安土の城を造るのに熊木の力は随分役立ったと聞く。

沙霧　それで、私達が、髑髏城建設にも……。

捨之介　あの頃の俺達は信長公に夢中だった。身も心も殿に捧げていた。地に潜る俺と人心を摑む奴で天の男を支える。天地人の構図が天下を摑む。そう思っていた。だが、それも天あってのこと。信長公が死んで、奴はどうやら自分も天になれると勘違いしちまったらしい。自分の分も知らずにな。

沙霧　……。

捨之介　野望に狂った男達に罪もねえ人が皆殺しに遭う。おめえみてえな若い娘もいた。救いたい人を救えなかった。俺はもう、そういうのはまっぴらなんだ。

沙霧　……捨之介。

そこに現れる姫跳。

姫跳　この先はいかせない。

遅れて現れる水神坊。

水神坊　追いついたぞ、沙霧。
捨之介　けっ、いいとこで邪魔する野暮天どもが。（刀を抜くと、沙霧に）先に行け。
沙霧　でも。
捨之介　蘭兵衛が寝返っちゃあ無界も危ねえ。一刻も早く兵庫達に知らせろ。
沙霧　でも。
捨之介　でもばっかりだな。少しは信用しろ。
沙霧　……わかった。

行こうとする沙霧。追おうとする姫跳と水神坊を足止めする捨之介。
と、三五が出てきて沙霧を捕まえる。

三五　そうは、させん。
捨之介　おう、裏切り男か。いいところに現れたな。ここが絶好の裏切り場だぞ。
三五　なに。

以下、捨之介は水神坊・姫跳と闘いながらの会話。捨之介に足止めされて二人は沙霧に近づけない。

捨之介　沙霧を連れてこの城から逃げろ。お前の命が惜しかったらな。
沙霧　捨之介！
三五　……貴様、何を言っている。
捨之介　三五、お前、大切なのは自分の命、そう言ってたな。だったらよく見な。そして自分によく聞いてみろ。誰が滅んで誰が生き残る。この城の連中に明日が見えるか。
水神坊　何をほざく。
姫跳　そこのお前、いいからその女を捕まえろ。
捨之介　ほらみろ、こいつら、お前の名前も覚えちゃいねえ。
三五　え。
捨之介　お前が最後まで生き残りたいなら、どうすればいいか、どいつを裏切ったらいいか、わかるんじゃねえか。え、小田切三五さんよ！
水神坊　逃がすなよ、逃がしたらお前も斬る！

行こうとする水神坊を遮る捨之介。

捨之介　そうはさせるか。こいつらに手は出させねえ。
三五　……ここで裏切ったら、十中八九死ぬことになるか。
捨之介　そいつはどうかな。
三五　こい、沙霧。
沙霧　でも。
捨之介　行け、沙霧。そいつは、生き残ることにかけちゃあ達人だ。そいつにくっついてきゃ死にはしねえ。
沙霧　捨之介！

沙霧、三五に押されるように走り去る。
水神坊と姫跳を押さえて、逃げ出そうとする捨之介。
と、そこに蘭兵衛が立ちはだかる。

捨之介　蘭兵衛……。
蘭兵衛　蘭丸だ。（水神坊達に）手を出すな。
捨之介　一騎打ちか。そんな所だけ侍の気分に逆戻りか。
蘭兵衛　そこだけではない。

襲いかかる蘭兵衛。戦う捨之介。腕は互角。

蘭兵衛　ほう。使えるようになったな。
捨之介　ああ、てめえを正気に返すまではな。
蘭兵衛　俺は正気だ。
捨之介　だったらその剣の迷いは何だ。
蘭兵衛　！

虚を突かれる蘭兵衛。彼の剣を弾く捨之介。
と、捨之介の背後から現れた天魔王が斬撃。

捨之介　ぐは！
蘭兵衛　天魔王！
天魔王　いつまで雑魚に関わっている、蘭丸。
捨之介　蘭兵衛、わからねえのか。こいつに天は支えきれねえ！（天魔王に打ちかかる）
天魔王　笑止！（捨之介の攻撃を跳ね返す）
捨之介　ち！
猿翁　貴様の刀では天魔王様は傷一つつかぬわ。貴様だけではない。秀吉の軍にもな。
捨之介　つくづく脳天気な奴等だぜ。本当に秀吉に勝てると思ってるのか。
姫跳　確かに秀吉は強い。が、南蛮にはもっと強い国がいくらでもある。

水神坊　髑髏党とその国が手を組めば恐い物なしだ。
捨之介　ばかな。今、南蛮の連中呼び込んだら、乱世はおさまらねえぞ。
天魔王　おさまる必要がどこにある。

天魔王の斬撃に刀を弾き飛ばされる捨之介。
天魔王に斬られる。

捨之介　ぐ！

そのあと姫跳、水神坊、猿翁や鉄機兵も捨之介に斬撃。ぼろぼろになる捨之介。それでも蘭兵衛に語りかける。

捨之介　蘭兵衛、なんでこの城に来た。てめえが生きるのにあれだけいい街を作っておきながら、なんで……。
蘭兵衛　……今となっては、くだらぬ縁《えにし》だ。
捨之介　……この大馬鹿野郎が。
蘭兵衛　あの世に行くときでさえ、あの方は早駆けで一人先に行ってしまわれた。が、もうそんなことはさせん。今度こそ俺は天と共に生きる。捨之介、お前にはわからぬよ。

蘭兵衛、捨之介に斬撃。

捨之介　……ら、ん、べ、え。

倒れる捨之介。その彼を見る蘭兵衛。
一同に命じる天魔王。

天魔王　今宵より全軍の指揮はこの蘭丸がとる。この者に逆らうは我に逆らうと思え。

うなずく髑髏党。

天魔王　（捨之介を指し）この男は牢に。

鉄機兵が出てきて、捨之介を担ぎ上げる。

蘭兵衛　生かしておくのか。
天魔王　こ奴にはまだ使い道が残っている。
蘭兵衛　そんなことより、今はすべきことがある。
天魔王　なに。

蘭兵衛　秀吉よりも先に潰すべき男がいる。こい。

天魔王　……なるほどな。面白い。

天魔王と蘭兵衛、闇に消える。

――暗　転――

【第七景】

夜。無界に近い草むら。
見回りをしている兵庫。

兵庫　まったく、蘭兵衛も沙霧も消えて、捨之介も戻ってきたと思ったらいなくなるし、いったいどうなってやがんだよ。

と、ボロボロの姿で現れる三五。

三五　……兵庫、兵庫か。……よかった、ここは無界の里だな。助かった。(と、兵庫に抱きつく)

兵庫　あ、てめえ、三五。この野郎、また襲いに来やがったな。

と、殴りかかる兵庫。

三五　あ、待て、待ってくれ。話をきけ。
兵庫　聞く耳もたねえ！

と、沙霧も現れて、兵庫をとめる。

沙霧　待って、兵庫。これでもあたしの命の恩人よ。
兵庫　恩人？
沙霧　一応ね。（三五に）確かにあんたは生き残る達人だよ。
三五　当たり前だ。俺を誰だと思ってる。赤子の時に親の期待を裏切ってから、裏切り続けて三十余年、電光石火の手の平返しの裏切り三五様だ。
兵庫　何、妙な見得を切ってんだよ。

と、そこに鉄機兵達が現れる。

沙霧　髑髏党!?
三五　逃げ切ったと思ったのに。
兵庫　おもしれえ。俺が相手になってやらあ。

刀を抜く鉄機兵達。

と、そこに自転車に乗った贋鉄斎が現れる。大きな鉄槌を積み、前籠に布包みを括り付けている。呆気にとられる一同。自転車を降りると言い放つ贋鉄斎。

贋鉄斎　美しい。刀とはまっこと美しい。

その妙な迫力に一同、気を呑まれる。抜刀した鉄機兵達に鉄槌を持って近づく贋鉄斎。

贋鉄斎　だが、刀には美しい刀と美しくない刀がある。そう、おぬしたちの刀は美しくない。美しいのはわしが打った刀だけ。

鉄機兵達、贋鉄斎に襲いかかる。贋鉄斎の厚手の着物に鉄機兵の刀がくっついて離れない。

贋鉄斎　とっとと消えろ！

と、鉄槌で鉄機兵を薙ぎ払う。鉄機兵、消える。驚いている兵庫、三五、沙霧。

兵庫　……大丈夫なのか。
贋鉄斎　おう。この着物には磁石を仕込んどるからな。……ところで、この辺に無界の里って

沙霧　のはないか。捨之介に会いたいんだが。
兵庫　……捨之介に？
贋鉄斎　あんた、誰だ。
兵庫　やつに頼まれたものを持ってきた、贋鉄斎ってもんだ。
沙霧　贋鉄斎。あんたが。
兵庫　知ってるの？
贋鉄斎　ああ。捨之介から聞いてたよ。刀鍛冶なんだろ。
三五　それだけじゃない。からくり仕掛けならまかせてくれ。
贋鉄斎　妙なおっさんだな。（自転車をさして）こいつもあんたが作ったのか。
おう。（くっついた刀をはずしながら）まったく醜い刀どもだ。（そのうちの一本を見て）
……いや、意外にこれはべっぴんさんかな。
刀　（贋鉄斎の腹話術で女声）いやん。べっぴんさんなんて。
贋鉄斎　ははは、照れるな照れるな。

驚いて見ている兵庫、沙霧、三五。と、刀、贋鉄斎の股間に仕込んでいた磁石にくっつく。

贋鉄斎　あ、そんな！　いきなり積極的な！

喜んでいる贋鉄斎。
その時、無界の里から女達の悲鳴と銃声が聞こえる。

兵庫　なんだ⁉
沙霧　あっちは無界の里？
兵庫　まさか、太夫‼
もの凄い勢いで駆け出していく兵庫。

沙霧　無界はこっちよ。ついてきて！
贋鉄斎　あ、おい、待て。
駆け去る一同。贋鉄斎も続く。

×　　×　　×　　×

その少し前。無界の里。
銃を持って警備している極楽太夫と無界の女たち。山になった銃の点検をしている。
隅で面白くなさそうにしている礒平。

極楽　大変だけど、すぐに使えるようにしといてね。何が起こるかわかんないから。

およし　国友の鉄砲鍛冶仕込み。このおよしさんにまかせてもらいましょうか。
極楽　なんか、およし、きれいになったね。
およし　……わかります？
極楽　やっぱり、いい旦那がつくと女は変わるね。あんた選ぶなんて、悪い冗談かと思ったけど、ほんとにそういう趣味だったんだねえ。
およし　太夫。
極楽　羨ましいよ、まったく。

そこに握り飯とお茶を持って出てくる荒武者隊の若者達。

青吉　はーい、みなさーん、お疲れさまでーす。
白介　ご飯の用意ができましたー。
黒平　心を込めて握らせていただきました。
赤蔵　お茶もありますよー。
黄平次　茶柱も立ててあります。
女達　おー。
極楽　ありがとうね、みんな。

と、口々に握り飯をとる女達。青吉、礒平に近寄り、握り飯を差し出す。

青吉　大兄貴。これ。
礒平　大兄貴？
白介　兵庫兄貴の兄貴なら俺らにとっちゃ大兄貴です。
礒平　やめてけろ。おめえら侍がそったら風に持ち上げるからあのひょうろく玉がのぼせ上がるだ。あいつは一度頭に来るとみさけえがねえ。村の娘を乱暴した野武士をぶったぎって、村飛び出たのも、それが原因だ。いい加減にするだ。あいつもおらもただのどん百姓だ。（と握り飯を投げ捨てる）
黒平　関係ねえよ。
礒平　へ？
黒平　百姓とか侍とか関係ねえ。弱きを助け強きをくじく。それが関八州荒武者隊だ。……兵庫兄貴の口癖です。
赤蔵　確かにやるこたあ無茶苦茶だけど、そこんとこだけは、きっちり筋が通ってる。俺達は、そんな兄貴だからついていってんだ。だから……。
黄平次　だから、連れて帰るなんて言わないで。
青吉　兄貴と俺達はずっと一緒だ。
五人　たのんます。（と、頭を下げる）
礒平　……。

と、握り飯を拾う極楽。

極楽　礒平さん。この人達はみんな、兵庫さんの命を狙ってたんですよ。
礒平　え。
極楽　みんな行き場のない荒くれ者で、喧嘩で命を捨てることなんかなんとも思ってない。特にここにいる連中はひどかった。
青吉　太夫、それは……。

ばつが悪そうな荒武者隊。

極楽　兵庫さんがこの関東に現れて、あんな性格でしょう。たちまちこの子らと命のやりとり。でもね、刀振り回すこの人達相手に、兵庫さんは拳一つで立ち回った。「俺はやられねえ。おめえらを人殺しにもしねえ」そういって全員を叩きのめした。
青吉　もう、完全に俺達の負けでした。
白介　でも、だから見たいんです。
黒平　この関東をどこまでまっすぐ進むのか。
赤蔵　俺達をどこまで連れて行ってくれるのか。
黄平次　抜かずの兵庫という男の生き方を。だから、もっともっと一緒にいたい。

もう一度新しい握り飯を差し出す荒武者隊。

荒武者隊達　お願いします。

じっと見つめる礒平。握り飯を受け取る。

礒平　（一口囓り、味わう）……うめえ。

ホッとする荒武者隊。極楽や女達も微笑む。

黄平次　……兄貴、おせえな。飯だって呼びに行ってくる。（と、立ち上がって行こうとしたその胸に矢が突き刺さる。）が！　……な、なんで。（倒れる）

青吉　どうした。

赤蔵　黄平次！　しっかりしろ黄平次！

と、弓を持った蘭兵衛登場。

騒然とする一同。

極楽　蘭兵衛さん！

愕然とする極楽。女達、一斉に蘭兵衛に銃を向ける。

極楽　待って。（と、女達が撃つのを止める）どういうこと、蘭兵衛さん。

蘭兵衛　……蘭兵衛か、そう呼ばれたこともあったな……。

蘭兵衛の態度に、顔が強ばる極楽。

極楽　（銃を向け）もう一度聞くよ。どうしたっていうの、蘭兵衛さん。

蘭兵衛　どけ、太夫。用があるのは狸穴二郎衛門だ。奴の首がとれればいい。

およし　旦那に。

蘭兵衛　だが、それを許すお前ではないだろう。この無界の里での乱暴狼藉は、誰だろうと許さない。それが俺とお前で決めた里の掟だったからな。

極楽　それがわかっていてなぜ。

と、そこに現れる天魔王。天魔の鎧を着け顔は出している。そばにいた遊女が銃を構えるので斬り殺す。

天魔王　なるほど。さすがは無界の女達だ。どれも皆美しい。だが、その美しさ、関東には無用の物だ。この天魔王が作る関東地獄絵図にはな。

極楽　貴様！

と、極楽と女達、天魔王に銃撃。が、効かない。天魔王と蘭兵衛、女達を斬っていく。

蘭兵衛　（女達の血で顔を深紅に染めながら）許せとはいわん。が、お前達の流す血が、俺の中にたまったしがらみを洗い流してくれる。その赤い血は無駄にはしない。

およしとおゆうが極楽をかばう。

おゆう　太夫、あぶない！
およし　太夫に手は出させない。雑賀の女の覚悟、みせてあげるよ！

二人の手に焙烙玉《ほうろくだま》。導火線に火がついている。

蘭兵衛　焙烙玉。自爆覚悟か。
およし　蘭兵衛。旦那に手は出させない。例えこの身が滅びようとね。

が、二人が持つ焙烙玉の導火線を斬る蘭兵衛。

およし　え。

蘭兵衛　火が消えては役には立たん。お前達も同様だ。

　　およしとおゆうも斬られる。二人、絶命。

極楽　およし、おゆう！

天魔王　楽しいだろう、蘭丸。

蘭兵衛　楽しい？　……ああ、そうだ。確かに楽しい。

天魔王　それでいい。それがおぬしと俺の本性だ。持てる力は存分に使え。弱い者だろうと抵抗出来ぬ者だろうと、力の限り叩き潰せ。自分の弱さに逃げ込む者ほどしたたかだ。恩は忘れ恨みは太らせる。己のことしか考えぬ。俺達天に立つ者が、叩き潰しひれ伏させ、恐怖に屈服させてこそ真の秩序は生まれるのだ。

蘭兵衛　そうだ。殿はいつもそうやって道を作った。

天魔王　殿ではない。これからは俺達だ。

礒平　ひいい。（逃げまどう）

　　その礒平と極楽をかばう黄平次。傷を負っていたが立ち上がる。

黄平次　早く逃げて。
青介　黄平次、おめえ。
黄平次　こんな傷、どうってことはねえ。ここは俺達が。
礒平　なして、なして赤の他人のおらを。
白介　他人じゃねえ。大兄貴だ。
黒平　それに女や力のねえ者を守るのが俺達、侍だ。
赤蔵　こんなところで尻尾まいたら兵庫の兄貴にしかられる。
極楽　あんた達……。
蘭兵衛　ふん。くだらぬ意地を。

蘭兵衛の斬撃を受ける荒武者隊。

青吉　（それでも立ち上がる）……くだらなかねえ、くだらなかねえぞぉ。
白介　そんな刀より兄貴の拳固のほうがよっぽど硬え！
黒平　こんな傷で倒れてちゃ、男の意地は通せねえ！
赤蔵　何度でも俺達は立ち上がる！
黄平次　それが荒武者隊の心意気だ‼
極楽　（礒平に）逃げて！

礒平、逃げ出す。

天魔王　笑止。貴様らごとき傾奇者が侍を名乗るなど片腹痛い。

天魔王に襲いかかる五人。彼らを一刀のもとに切り捨てる蘭兵衛。倒れる荒武者隊。

極楽　……あんたら。(蘭兵衛に銃を向け) なんで、なんでそうなった！　ここはあんたと私で築き上げた救いの里じゃなかったのかい‼　ひどすぎるよ、無界屋蘭兵衛‼

蘭兵衛　救いの里？　くだらんな。(と刀を向ける)

極楽　……ばかやろう……。

と、再び銃を蘭兵衛に向ける極楽。
そこに駆けつける兵庫。

兵庫　やめろ、蘭兵衛！

と、蘭兵衛に殴りかかる。

蘭兵衛　どけ！

兵庫　どかねえ！

蘭兵衛の剣を両手の手甲で受ける兵庫。隙を突いて拳をふるうがかわす蘭兵衛。斬りかかろうとするところを極楽が銃を撃つ。

一旦離れる蘭兵衛と兵庫。

兵庫　なんなんだよ、こりゃ。なんでてめえが極楽を斬ろうとしてる。なんでてめえが天魔王と一緒になって、この街ぶちこわしてる。気でも狂ったか！

蘭兵衛　クズ虫が。消えろ。

と、蘭兵衛、刀を構える。そこに銃声。鎧に弾が当たり、弾き返すが体勢を崩す天魔王。

銃を手に二郎衛門登場。

二郎衛門　(立っている天魔王に)……新式もきかんのか。

天魔王　現れましたな、駿府殿。

二郎衛門　かなわんな。火薬を倍にしたというに。

蘭兵衛　いきなり鉛の弾の歓迎とは、隠忍自重が売り物の貴殿らしくない。それとも、その牢人にやつした姿が心根までも無頼に変えるかな。徳川家康殿。

極楽　家康？

天魔王　たった一人でこの関東を探りに来るとは大した度胸だ。この戦に勝てば、秀吉がぬしにこの関東をくれてやるという話も聞く。おそらくは、その下調べ。そんな所ですかな。

兵庫　二郎衛門、てめえ……。

二郎衛門　そうか、天魔王、やはり貴様は……。

天魔王　やっとお気づきか。だがもう遅い。

蘭兵衛　この無界の里が冥土の土産だ。秀吉より先にその首いただこう。

二郎衛門　では、儂を狙って無用な殺しを。なんと愚かな！

剣を抜く二郎衛門。

と、大勢の忍びが現れ二郎衛門を守る。率いているのは服部半蔵だ。

半蔵　随分と探しましたぞ。お下がり下さい、殿。

二郎衛門　半蔵、とめるな。とめるなと言うに！

半蔵　いいえ。ここできゃつらと剣を交えれば、それはすでにいくさとなります。秀吉公の許しもなく開戦する勇み足と取られかねません。殿を守るのが拙者の役目。

半蔵、二郎衛門をかばって天魔王・蘭兵衛と太刀を交える。

蘭兵衛　やるな、名は。
半蔵　笑止。忍びが名を明かすときは死ぬる時。
二郎衛門　伊賀の頭領、服部半蔵。
半蔵　とのー。
二郎衛門　ばか、お前、こーゆー時はガツンとかましたるんじゃ。ガツンと。
天魔王　ふふん。大名とは不便なものだな。せいぜいそうやって秀吉の御機嫌をとっておくがいい。

そこに駆け込んでくる沙霧と三五。贋鉄斎。
様子を見て驚く。

三五　……なんだ、これは。
沙霧　……ひどい。
贋鉄斎　貴様が天魔王か。相変わらずだな。お前のやり方は。
蘭兵衛　贋鉄斎……。そうか、捨之介の策とは貴様のことだったか。
贋鉄斎　……蘭丸殿か、おぬしまで。
天魔王　(笑い出し) なるほど。この関東に因業因縁、奇《くす》しき縁《えにし》が集まったと言う訳か。いいだろう。

手をあげると奥から火の手があがる。

天魔王　ひくぞ、蘭丸。
蘭兵衛　なぜ。
天魔王　家康にも兵がついた。奇襲にはならん。取り囲まれてはこちらが不利だ。
蘭兵衛　……わかった。
沙霧　天魔王、このままですむと思うな！
天魔王　ふむ。ならば面白いことを教えてやろう。そなたが信じる捨之介なら髑髏城にいる。
三五　捕まったのか、あの男が。
天魔王　城の牢内で息も絶え絶えになっている。それが貴様の希望の果てだ。さて、お前達と奴と、死ぬのはどちらが早いかな。
兵庫　ばっきゃろう！　くたばんのはてめえが先だ‼
天魔王　吠えろ吠えろ。人生五十年、夢幻の如くなり。第六天魔王が作るこの世の悪夢、たっぷりと味わうがよい。家康殿。

「家康」という言葉に驚く沙霧と三五。
嗤いながら消える天魔王。続く蘭兵衛。

兵庫　蘭兵衛、まちやがれ、てめえ！

と、追おうとする兵庫を止める極楽。

極楽　もういいよ。深追いするとあんたまで死ぬよ。
兵庫　え……。

それまで頭に血が上っていた兵庫、少し冷静になり周りを見る余裕ができる。荒武者隊が全滅しているのに気づく。

兵庫　……お、おい。まさか、お前達……。
沙霧　（極楽に）大丈夫？
極楽　あたしだけはね。

おろおろと荒武者隊の遺骸に近づく兵庫。
炎が激しくなっていく。

三五　まずいな。火が回ってきたぞ。
沙霧　はやく消さないと。

駆け出す三五、沙霧、贋鉄斎。

兵庫　青吉、白介、黒平、おい、起きろ！　赤蔵、黄平次、どうした、なんで返事しねえ！

死体をゆさぶる兵庫。混乱している。

極楽　しっかりなさい。あんたがそんな事でどうするの。
兵庫　でもよう、こいつら、こいつらが！
極楽　弱いもん守るのが、荒武者隊だって、礒平さんとあたし守って。みんな立派な最期だったよ。あんた、いい子分持ったよ。兵庫の旦那。
兵庫　(気を取り直す)……そうか、そうだな。

極楽、佇む二郎衛門につかつかと歩み寄ると、平手打ち。

極楽　あんたら、みんな一緒だ！

踵を返して駆け去る兵庫と極楽。
二郎衛門、息絶えているおよしに気がつく。

二郎衛門　……およし。……成仏しろよ。

彼女の目を閉じ、腕を組ませると彼女に手を合わせる。そのあと静かに刀を抜き、天魔王を追おうとする二郎衛門。

二郎衛門　天魔王、貴様だけは……。
半蔵　お待ち下さい、殿！
二郎衛門　とめるな、半蔵！　いくら儂でもはらわた煮えかえる時はある！
半蔵　ご辛抱下さい、殿！　あと数日で関白殿下が駿府にお着きになられます。
二郎衛門　なに……。
半蔵　至急、城にお戻りを。

二郎衛門、落ち着くと刀を収める。

半蔵　（無界を見て）あ奴らはいかがいたしましょう。
二郎衛門　ほうっておけ。

と、頬をさわる。深々と無界に一礼。

二郎衛門　半蔵、関白殿下をお出迎え次第先駆けで出るぞ。兵の準備おこたるな。

半蔵　では。

二郎衛門　髑髏城攻めだ。来い。

足早に立ち去る二郎衛門。半蔵と服部忍群、それに続く。

× × × ×

夜が明けて、雨になる。

無界の里は燃え尽き灰と化している。

三五、贋鉄斎、沙霧、荒武者隊や女達の亡骸を片づけていく。女達の名を呼びながら切って束ねた彼女らの髪をゆっくり並べる極楽。

極楽　……みんな、成仏しなよ。

兵庫が戻ってくる。一同も集まる。

三五　鉄砲は？

兵庫　駄目だ。太夫が言う隠し場所には一挺たりと残ってなかった。

極楽　……蘭兵衛の仕業ね。

沙霧　（兵庫に）頼みがある。こんな頼み、無茶は承知だ。でも、頼めるのはあんたくらいしかいない。

兵庫　捨之介……か。おめえに頼まれなくても、こっちはそのつもりだよ。

三五　豊臣の軍も間近に来ている。今、髑髏城に行くのは死ににいくようなもんだぞ。

兵庫　けっ、そんなことは百も承知だ。どうせ人間一度は死ぬんだ。死に場所くらいてめえで決めらあ。（置いてあった大刀を摑み）人を斬るのは一度でたくさんだと思ってたが……。うおおおお！（大刀を引き抜く。赤錆だらけ）刀鍛冶のおっさん、こいつを研ぎ直してくれ。（贋鉄斎に殴られる）あたっ！

贋鉄斎　ばかたれ。何だ、この手入れは。赤錆だらけじゃないか。美しくない、全然美しくない！　何が抜かずの兵庫だ。ただの不精者が。土下座しろ、刀に土下座しろ。

兵庫　す、すみませんでした！（と、土下座する）

贋鉄斎　ふん。（渋々受け取る）

極楽、女達の髪をまとめて懐に入れると、物陰から木箱を持ってくる。

沙霧　それは……。

極楽　もしもの時のための最後の武器。

沙霧　でも、鉄砲は全部蘭兵衛が髑髏党に……。

極楽　それでも、誰にも知らせずに隠しておいたものがあったの。誰かが裏切るなんて思ってもなかったけど、それでも万が一を考える。悲しい性《さが》だけど、そうしてきたから生きてこられた。

木箱の中から小型機銃を出す極楽。

極楽　輪胴轟雷筒《りんどうごうらいづつ》。南蛮から伝わったものを雑賀で改良した。兵庫、あたしもいくよ。

兵庫　撃てるのか。てめえにあの男が。

極楽　極楽太夫ってのはね、地獄に落ちた男達を極楽にいかせるためにつけた名前なんだよ。……二人でね。

兵庫　……わかった。だったらてめえの命は俺が守る。たとえお前が邪魔だって言おうが、意地でもお前の盾になる。

極楽　……ほんとにあんたって人は。

沙霧　道案内は、あたしがする。

三五　でも、絵図面は。絵図面は奴等に奪われたじゃないか。

兵庫　奪ったのはてめえじゃねえか。

三五　それは反省しています。

沙霧　絵図面は、ほんのさわりだよ。髑髏城のすべての秘密はここにある。（と頭を指す）

一同　は？

沙霧　……あたしが赤針斎だ。熊木衆の長《おさ》はあたしなんだ。おじいはその影武者。みんな、あたしを守るために犠牲になった。……これ以上、誰かを犠牲にして生きるのはいやだ。

贋鉄斎　だったらこいつはお前が渡せ。（と、斬鎧剣を沙霧に渡す）

沙霧　これは……。

贋鉄斎　捨之介が天魔王に勝つために頼んでいった斬鎧剣だ。これなら天魔王を斬ることができる。

沙霧　ほんとに？

贋鉄斎　あいつの命を救いたいなら、お前がこの手でこれを渡せ。なんとしてもな。

沙霧　……わかった。

三五　殴り込みなら、人手がたりないんじゃないか。

兵庫　三五。

三五　あまり信用して貰わない方がいい。俺も自分がなんでこんなこと言ってるのか、よくわからない。

沙霧　……生き残る方法はそれしかない。あんたの血がきっとそう言ってんだよ。

三五　……そうかもな。

兵庫　（天を見つめ）……天魔王め。てめえが雑魚だと思ってる連中の力、みせてやろうじゃねえか。

駆け去る一同。

と、その後ろ姿を見つめる礒平。

手に持つ鎌を見つめ、何かを決意すると、彼らの後に続く。

――暗　転――

【第八景】

髑髏城内。見回りをしている鉄機兵。
彼らが去ったあと、姿を現す沙霧と三五。

沙霧　牢はあっちよ。捨之介は多分そこだ。
三五　兵庫と極楽が敵の気をひいている。今のうちに行くぞ。

と、向かおうとする三五。

沙霧　待って。気をつけて、そこは。

そこに姫跳が現れる。

沙霧　見つかりやすいとこだからって言おうと思ったのに。
姫跳　……お前、どこかで見たことあるな。

三五　小田切三五だよ。
姫跳　あ、あの裏切り者か。ふん、そうか、沙霧を連れて戻ったか。だが、絵図面を手に入れた今、もはやそ奴に用はない。二人そろえて地獄に送ってやるわ。

姫跳、剣を構える。と、三五が前に出る。

三五　そうはいかない。
沙霧　三五。
三五　俺は裏切ってばかりで闘ったことがないので、自分でも己の力がどれくらいかよく分からない。手加減などという小技は使えんぞ。心してかかってこい。

姫跳に言うと刀を抜く。結構強そう。

姫跳　偉そうな能書きを。

襲いかかる姫跳。三五、実は弱い。たちまち追いつめられる。

三五　あー、しまったー。俺ってばものすごく弱いじゃないかー!
沙霧　……三五。(呆れる)

姫跳　とどめだ。

襲いかかる姫跳。土下座する三五。

三五　すみませんでしたー！

一瞬止まる姫跳。

三五　――って、いつも言うとは限らねえっ！

土下座から刀を跳ね上げて姫跳の刀を弾き飛ばす三五。

三五　電光石火手の平返し斬り！
姫跳　ぬう。そんな、ふざけた剣法に……。
三五　ふざけてねえ。命がけの手の平返しだよ！

三五、姫跳に斬撃。

姫跳　ぐわ！

とどめの一撃を受けて、姫跳倒れる。

沙霧　……三五、なんかあんたすごいよ。
三五　……お前、俺が斬られると思っただろう。
沙霧　……はい。
三五　その予想を全力で裏切ったんだ。
沙霧　すんませんでした。（と、頭を下げる）

と、そこに鉄機兵達がわらわらと現れる。

三五　え？

多勢に無勢とひるむ三五。

沙霧　下がって！

と、鉄機兵と戦う沙霧。あっという間に拳と蹴りで彼らを一掃する。その強さに驚いている三五。

沙霧　さ、行こう。（と、駆け出す）
三五　……最初からお前が戦えばよかったんじゃない？
　　言いながら後を追う三五。

　　×　×　×　×

　　敵襲に備える鉄機兵達。
　　彼らの前に現れる極楽。その手に巨大な輪胴轟雷筒。
鉄機兵　誰だ！
　　と、刀を抜く鉄機兵。
極楽　会って極楽遊んで地獄、男殺しの極楽太夫。
　　一斉掃射で彼らを薙ぎ倒す極楽。
極楽　ふん、あっけない。

と、銃声。極楽の腕をかする銃弾。

極楽　く！

水神坊と鉄砲と鉄の盾を持った鉄機兵達が現れる。

水神坊　地獄に行くのはどっちかな。
極楽　それは……。
水神坊　そう、お前ら雑賀の鉄砲だ。さっそく使わせてもらっている。
極楽　この！

と、轟雷筒を撃つ。鉄の盾に隠れる水神坊と鉄機兵。盾は極楽の弾をはね返す。

極楽　く。
水神坊　この鋼の盾の前にはお前の銃も歯が立たぬようだな。さあ、おとなしく銃を捨てろ。その美しさだ。ただ殺すには惜しい。
極楽　……夢は売っても媚びは売らない。それが無界の女の心意気よ。
水神坊　だったら死ね。

鉄機兵の一斉射撃。

と、駆け込んでくる兵庫、極楽の前に立つ。

仁王立ちでその弾を全部受ける兵庫。

極楽　兵庫！

兵庫　（苦しげに）……俺が、お前の盾になる。そう約束したろうが。

極楽　だからって、あんた……。

と、兵庫は一転平気な顔になり胸や腹に着いている弾をバラバラと落とす。

極楽　え？

兵庫、襟を開いて鉄製の板を引き抜く。

兵庫　贋鉄斎特製の磁石鉄板だ。こいつが弾を全部吸い寄せた。

極楽　もう。心配させないで。

兵庫　心配してくれたのか。嬉しいねえ。その言葉だけで百人力だ！

鉄板を放り投げると鉄機兵達に襲いかかる兵庫。全員殴り倒す。残るは水神坊一人。

兵庫　ここは俺にまかせて先に行け。
極楽　死なないでよ。
兵庫　もちろんだ。

駆け去る極楽。

水神坊　女相手に格好つけるか。だが、それが命取りだ。
兵庫　ふん。そう簡単にやられるつもりはねえ。見せてやるぜ、荒武者電光剣！

と、大刀を引き抜く兵庫。だが、その刀身は極端に短い。

水神坊　……なんだ、それは。
兵庫　やかましい。研いだらこれだけになったんだよ。いくぜ、水神坊！

と、短剣で戦う兵庫。
だが、短い剣では相手にならない。水神坊に短剣を弾き飛ばされ、傷を負う兵庫。

兵庫　くそう。

水神坊　どうした、田舎武者。口だけは達者だったが、それもここまでだ！

打ちかかる水神坊。
と、そこに礒平が飛び込んでくる。両手に鎌。素早い動きで兵庫を守る。

水神坊　なんだ⁉
兵庫　あにさ！
礒平　鎌使いなら、村一番だに！

鎌をふるう礒平。その動き、早い。

水神坊　くそ。
礒平　兵六！

兵庫に鎌を二本投げる。

兵庫　（拾い）これは、おらの鎌！
礒平　かっこつけてないでそれを使うだに！　鎌はオラ達の魂だに‼
兵庫　わかった、あにさ！

兵庫、それを受け取り両手に構える。

兵庫　行くぜ、荒武者。

礒平　旋風稲刈り剣！

兵庫と礒平の攻撃。水神坊にとどめの斬撃。

水神坊　……ば、ばかな。こんな奴らにこの俺が。

兵庫　覚えとけ。悪い稲を根こそぎ刈る。それが正義の百姓魂だ。

倒れる水神坊。

兵庫、とばされた剣を拾って、鞘にしまおうとする。と、贋鉄斎が現れて鉄鎚で兵庫の頭を叩く。

贋鉄斎　てい。まず、刀をふけ。血糊も拭かずにしまうから、錆でボロボロになるんだ。

兵庫　あ、す、すみません。

贋鉄斎、礒平の鎌を見る。

贋鉄斎　（驚く）……これは。

礒平　なんだっぺ。

贋鉄斎　これほどの研ぎ味……。美しい。美しすぎる。おぬし、名は？（声色で）「清姫と申します」。姫！　姫様でしたか！

礒平　だ、大丈夫か、この人。

兵庫　こういう奴なんだよ。（贋鉄斎に）いくぞ。

駆け出す兵庫。あとを追う礒平、贋鉄斎。

×　×　×　×

牢の前の広間。

無敵の鎧を身体に着けて倒れている男。

その前に立つ天魔王。鎧は着けていない。手に盃を持っている。後ろに控える猿翁。無敵の鎧用の髑髏の仮面を持っている。

天魔王が倒れている男の顔を持ち上げる。捨之介だ。意識がもうろうとしている。

天魔王　どうした、しっかりしろ。捨之介。

捨之介　……貴様。

天魔王　お前が護ると言っていた、無界の里は焼け落ちたぞ。大半の人間は死んだ。俺と蘭丸

捨之介　が斬り殺した。
天魔王　天魔王、貴様という奴は……。
捨之介　違うな。これからは貴様が天魔王だ。
天魔王　なに……。
捨之介　喜べ。無敵の鎧、お前にくれてやる。
天魔王　……身代わりにしようっていうのか。
捨之介　今、無界の生き残りがここに向かっている。お前を助けに来た連中を、お前が斬り殺す。面白いだろう。
天魔王　そう簡単にいくと思うか。
捨之介　思うからやっている。お前が思うほど、人は強くはない。（盃を見せ）これは南蛮渡来の夢見酒。ひとたび飲めば心は飛んで夢を見る。

と、捨之介に無理矢理飲ませる。捨之介、抵抗するが、飲んでしまう。

天魔王　……貴様。
捨之介　ふん。ここまで意識を保っているとは、さすがに忍び働きをしていただけのことはあるな。だが、それもそろそろ限界だ。猿翁。
猿翁　は。（髑髏の仮面を差し出す）
天魔王　（受け取り）この仮面の裏にもたっぷり夢見酒をふくませた布を貼ってある。お前の

捨之介　意識はどこまで保《も》つかな。
天魔王　……貴様、逃げるつもりか。俺を、身代わりにして……。
　　何度言ったらわかる。天魔王は、お前だ。

　　捨之介に髑髏の仮面をかぶせる天魔王。
　　もがくが、すぐにおとなしくなる捨之介。

猿翁　薬が効いてきたようですな。
天魔王　（捨之介に）俺が合図をしたあとに、お前を天魔王と呼ぶ奴がいたら、全て叩き斬れ。奴らはお前の敵だ。お前は天魔王、この世の破壊者だ。

　　抜き身の剣を捨之介に握らせる天魔王。

猿翁　いざ。
天魔王　ああ。さ、始めろ。天魔の地獄絵図を。

　　捨之介の肩を叩く天魔王。二人、駆け去る。
　　と、そこに駆け込んでくる沙霧と三五。別方向から兵庫、礒平と贋鉄斎も来る。

沙霧　……天魔王。

と、鎧に仮面姿の捨之介、ゆっくりと沙霧に剣を向ける。

兵庫　さがってろ、沙霧！

襲いかかる捨之介を兵庫と礒平が鎌で受ける。その隙に牢を見る三五と沙霧。

三五　だめだ、牢にはいない。
沙霧　そんな……。（捨之介に）捨之介をどこにやった、天魔王！

と、捨之介、兵庫と礒平の攻撃を弾き返し、沙霧に向かう。彼女の頭に斬撃を加えようとするが、一瞬、剣が止まる。

捨之介　……。
沙霧　え。
兵庫　沙霧、逃げろ！

次の瞬間、襲いかかる兵庫と礒平。その応戦をする捨之介。彼らを退け、再び沙霧に向かうが、やはり動きが止まる。
鎧の中の捨之介、苦しんでいる。

沙霧　……。(その様子を見つめる)

と、極楽が現れる。

極楽　さがって!

極楽、輪胴轟雷筒で銃撃しようとする。

沙霧　やめて、太夫!
極楽　え……。
沙霧　私がやる。(と、斬鎧剣を抜く)
贋鉄斎　待て。お前じゃ無理だ。
沙霧　黙ってて。

沙霧、捨之介に突っ込む。
捨之介、刀を振り上げるが、それを振り下ろさない。

沙霧の剣は捨之介の仮面を直撃する。
捨之介の動きが止まる。一同、その様子を固唾を呑んで見守っている。
捨之介が、仮面に手をやる。仮面二つに割れて、地面に落ちる。
一同、仮面の下から現れた顔に驚く。

兵庫　……捨之介？
沙霧　ばかー！

と、捨之介の顔を殴る。よろける捨之介。
もう一発、沙霧が殴ろうとする。その拳を手で受け止める捨之介。

捨之介　……沙霧、か。
沙霧　ばかー‼

今度は捨之介に抱きつく沙霧。

捨之介　（彼女を軽く抱きしめ）すまない、沙霧。もう大丈夫だ。
礒平　どうなってるだ？
贋鉄斎　（仮面の裏の布を調べている）……薬か。奴に薬を盛られたな。

捨之介　……面目ねえ。
兵庫　よくわかったな、沙霧。
極楽　わかるものよ、女にはね。
沙霧　え……。
三五　しかし、よく正気に戻れたもんだな。
捨之介　こんな一本気な拳固に殴られて、正気に戻らない奴は男じゃねえよ。

と、沙霧達みんなの前で頭を下げる捨之介。

捨之介　すまねえ。俺のために。
兵庫　礼を言うなら沙霧に言え。

捨之介の視線に照れる沙霧。

沙霧　あたしは、ただ……。
贋鉄斎　（捨之介の鎧に触り）これは贋物だな。安土で見た奴とは物が違う。
捨之介　そんなことだろうと思った。
極楽　天魔王は？
捨之介　こっちだ。奥に逃げた。

捨之介駆け出す。後に続く六人。

×　　×　　×　　×

奥の間。

足を引きずりながら駆け込んでくる天魔王と猿翁。

その前に立つ武者姿の蘭兵衛。

蘭兵衛　何をしていた、この肝心な時に。

天魔王　すまん。

蘭兵衛　物見の兵より急報が入った。豊臣軍二十万、品川の砦をおとし、この髑髏城めがけてまっしぐらに進軍しているぞ。先頭は家康の兵とか。

天魔王　ふん、あの狸親父、本気になったか。

蘭兵衛　行くぞ、いよいよ始まりだ。

天魔王　いや。この城は捨てる。

蘭兵衛　なんだと。

天魔王　事情が変わった。この戦《いくさ》は負けだ。

蘭兵衛　どういうことだ。

天魔王　先日、エゲレス艦隊より知らせが来た。ポルトガル制圧に失敗して本国で政変がおき、艦隊は急遽、国に戻ったとか。いくら、関東で乱を起こそうと、肝心の大坂が叩けなくては、この戦、もはや何の意味もない。
蘭兵衛　それで逃げるというのか。
天魔王　心配するな。計略を練り直せばいい。
蘭兵衛　……だったら、お前だけ逃げろ。但し兵は置いていけ。俺は一人でも秀吉の首を取る。
天魔王　それは困るな。
蘭兵衛　なぜ。
天魔王　なぜなら、お前の死に場所はここだからだ。

言うなり、蘭兵衛に斬りつける天魔王。が、蘭兵衛、刀を抜き、彼の剣をはじく。

天魔王　ぬ。
蘭兵衛　貴様、何を考えている。

以下、戦いながらの会話。

天魔王　関東髑髏党は壊滅、天魔王と織田の残党森蘭丸は無惨に討ち死になる。
蘭兵衛　……天魔王?
天魔王　そうだ。俺の代わりに捨之介が天魔王となって、くたばることになる。
蘭兵衛　そうか。その時のために、奴を。

天魔王　俺の影武者ならば、奴には勿体ないくらいだ。自ら捨之介と名乗る奴だ。捨て石になれば本望だろうよ。

蘭兵衛　貴様！

打ちかかる蘭兵衛。天魔王、後ろにいた猿翁を盾にする。蘭兵衛の手にかかる猿翁。

猿翁　天魔王様、なぜ……。

天魔王　知れたこと。俺が逃げたことを知る人間は少ないほどいい。

天魔王、猿翁を斬る。猿翁、消える。

蘭兵衛　……おのれという奴は……。

天魔王　何とでもいえ。

襲う天魔王。その剣を弾き飛ばす。

天魔王　……う！

蘭兵衛　……行け。見逃してやる。おとなしく去れ。

と、刀を鞘に収め背を向ける。と、天魔王、悪い方の足に隠していた刀を引き抜き蘭兵衛に襲いかかる。しかも足はちゃんと動く。隙を突かれ深手をおう蘭兵衛。

蘭兵衛　……貴様。

天魔王　(笑う)ああ、そうだ。この足はちゃんと動く。お前はずっとだまされてたんだ。

と、天魔王の斬撃。蘭兵衛、刀を抜こうとするが、その刀を天魔王が奪う。

天魔王　天の意志は俺がかなえる。そのために俺は生き延びなければならんのだ！　しょせん、お前も俺のコマなんだよ‼

自分の得物と蘭兵衛の刀、二刀流で蘭兵衛をなます切りにする天魔王。

蘭兵衛　……天魔王、おのれは……。

いいかけて倒れる蘭兵衛。

天魔王　務め、ご苦労。

蘭兵衛の上に刀を投げ捨てる天魔王。
そこに駆け込んでくる捨之介、沙霧、兵庫、極楽、礒平、贋鉄斎、三五。
捨之介は鎧を脱いで着流し姿に戻っている。倒れている蘭兵衛を見る一同。

極楽　蘭兵衛！
捨之介　てめえ……。
天魔王　……ほう、生きていたか。
沙霧　捨之介は死なない、貴様の浅知恵なんかで死ぬわけがない！
天魔王　そうか、ならば。

向かってこようとする天魔王。

極楽　下がって！

轟雷筒を撃つ極楽。
と、倒れていた蘭兵衛が、跳ね起き天魔王をかばう。

天魔王　蘭丸、貴様……。
蘭兵衛　勘違いするな。これで貴様を裏切ったら、私は貴様や光秀と同じになる。それだけは御免だ。

天魔王　……愚かな奴だ。（捨之介達に）まもなくこの城には大軍が押し寄せる。この城から生きて出るのは、どちらかな。（笑いながら駆け去る）

極楽　待て！

蘭兵衛　行かせん！

極楽　蘭兵衛、お前は。お前は最後まで！

蘭兵衛　しょせん外道だ。来い、太夫！

刀を拾い駆け寄る蘭兵衛。

極楽　蘭兵衛!!

極楽の銃撃に再び倒れる蘭兵衛。

極楽　……この、この！

倒れている蘭兵衛に撃ち続けている極楽。既に弾切れだが、まだ引き金を引いている。

兵庫、彼女の肩を押さえる。

兵庫　もういい。いいんだ、太夫……。
極楽　……。
　撃つのをやめて蘭兵衛のもとにひざまずく極楽。その亡骸を抱きしめる。見つめる兵庫。
捨之介　（倒れている蘭兵衛に）……お前が選んだ道だ。今度は迷わず進めよ、殿が待つ場所へな。
沙霧　……捨之介、斬鎧剣だ。（と、剣を差し出す）
捨之介　ああ（受け取る）。
贋鉄斎　わしも行くぞ。こいつの切れ味が見たくてここまで来た。
捨之介　わかった。
　捨之介と贋鉄斎、駆け去る。

×　　×　　×

天守閣、奥。
ずらりと並ぶ鉄機兵。
現れる捨之介と贋鉄斎。鉄機兵の中に駆け込んで行くと片っ端から斬っていく。
捨之介、一人斬るたびに刀を贋鉄斎に渡す。
贋鉄斎、刀を研ぎ直し彼に渡す。彼が言っていた「斬るたびに研ぐ」の実践だ。

鉄機兵をすべて倒す捨之介。

捨之介　天魔王、天魔王はどこだ。けりつけようじゃねえか。

仮面をつけた無敵の鎧の天魔王、現れる。
斬鎧剣を持つ捨之介。隅に下がる贋鉄斎。

天魔王　くたばりぞこないが。貴様の腕で俺が倒せると思うか。
捨之介　確かに昔の俺なら無理だろうよ。だけど、今は違う。お前がその無敵の鎧に身を包んでいるのが、何よりの証拠だ。
天魔王　なんだと。
捨之介　お前が本当に勝つ気なら、あの時、俺に本物を着せていたはずだ。そうできないのが、お前の弱さだ。腕じゃねえ。万が一の逃げ場をいつも考えているお前の、心の弱さなんだよ。
天魔王　ふん。貴様に何がわかる。
捨之介　知ってるぜ。光秀が謀反を起こしたのは、てめえの入れ知恵だろう。八年前は光秀、今度はエゲレス。てめえはいつでも誰かの仮面をかぶっている。誰かの陰に隠れなきゃ動けやしねえんだ。
天魔王　言わせておけば。

天魔王、仮面を脱ぎ捨て、素顔になる。

捨之介　でもな、一番頭に来てるのは、それがとめられなかった俺自身だ。

天魔王　(笑い出す)貴様に俺がとめられるものか。しょせんは地を這う者。天の志など知る由もない。こい、今一度、地べたにはいつくばらせてやる。

捨之介　そうはいかねえ。俺も、もう悔いは残さねえ。今度こそは。(と、決意の構え)

襲いかかる天魔王。鞘ごと受ける捨之介。

何手かの攻防の末、天魔王の刀を弾き飛ばす捨之介。斬鎧剣を抜く。

捨之介　もらった!(うちかかる)

が、斬鎧剣をはじく天魔王の鎧。

捨之介　くそ!

天魔王　どうやら無駄なあがきだったようだな。

天魔王、刀を拾うとゆっくりと捨之介に近づく。捨之介、斬撃を繰り返す。が、天魔王には効かない。

天魔王　ふはははは。どうした、捨之介。贋鉄斎自慢の剣もこの無敵の鎧の前には歯が立たぬようだな。

捨之介　さあて、そいつはどうかな。こいつのおかげで、鎧にひびが入ってるぜ。

天魔王　ぬ。

うちかかる捨之介。その刀を摑む天魔王。

天魔王　だったら、へし折ってくれる。

捨之介　させるかよ！

天魔王　なに⁉

つかまれた刀の刀身から、もう一回二枚目の刀を抜く。刀は二重構造になっていて、刀身の中にもう一つ薄刃の刀が仕込まれていたのだ。鎧に入った亀裂にその薄い刀を突き刺す捨之介。

天魔王　ひ、卑怯な……。

捨之介　何とでも言え。お前を倒すためなら、どんな手だろうと使ってやるよ。

天魔王から刀を抜く捨之介。

天魔王　……貴様如きにこの俺が……。

捨之介　俺だけじゃねえ。俺の背中には仲間がいる。後先考えずにここまで乗り込んできてくれた奴らがな。

捨之介、天魔王に斬撃。
よろめく天魔王、低く笑い出す。

天魔王　……だったら、その仲間も道連れだ。捨之介、天魔王として死ぬがいい。

捨之介　なんだと。

闇に消える天魔王。
見ていた贋鉄斎が声をかける。

贋鉄斎　……やったな。

と、突然、鬨の声。

駆け込んでくる沙霧、兵庫、極楽、三五、礒平。

兵庫　大変だ。城の中にすごい軍勢がなだれ込んできてる。
極楽　三つ葉葵の旗印よ。徳川の軍ね。
贋鉄斎　いよいよ関東征伐の始まりというわけか。
三五　よし、抜け穴から逃げ出すぞ。
捨之介　……それは無理だろう。これだけの侍が城に入ってきてたら、いくら抜け穴だろうと誤魔化せねえ。
礒平　そんな……。
捨之介　俺がひきつける。その隙にお前達は逃げ出せ。
沙霧　え。
捨之介　……関東髑髏党。自分の天下統一に牙を剝いた連中を、秀吉は決して許さねえ。豊臣の兵は、この城の連中を皆殺しにするつもりだ。さあ、行け。お前達も巻き添えを食らうぞ。
沙霧　いやだ。捨之介も一緒だ。
捨之介　沙霧。
沙霧　そんなにぼろぼろになってやっとあいつ倒したのに。ここで犠牲になんか、あたしがさせない。
極楽　捨之介さん、ここまで迎えに来た沙霧の気持ち、無駄にしちゃいけないよ。

捨之介　……そうか、そうだな。この髑髏城、みんな生きて抜け出して、また会うぞ。

沙霧　わかった。

うなずく六人。微笑む捨之介。

劫火の中に浮かぶ七人のシルエット。

炎の中、己の運命を切り開くかのように、ゆっくりと剣をふるい、そして消えていく。

——暗　転——

【第九景】

天正十八年四月二十二日、髑髏城近く。

雨上がりの草むら。

ボロボロの捨之介が出て来る。

と、徳川の兵士が彼の周りを取り囲む。指揮するのは、服部半蔵。続けて甲冑姿の狸穴二郎衛門も出て来る。いや、今は徳川軍を率いる徳川家康だ。

半蔵　見つけたぞ、天魔王。逃げられると思ったか。
捨之介　なに。
半蔵　捨之介などと名乗ってはいるが、お前が本当の天魔王だと言うことは、既に調べが付いている。
捨之介　どういうことだ。
家康　噂が流れているのだよ。お前が天魔王だという噂が。おそらく〝人の男〟の仕業だろう。
捨之介　そいつは目眩ましだ。自分が逃げるための。

家康　いかにも目眩ましだ。だがな、天魔王の正体がおぬし、〝地の男〟であることは、既に秀吉様の耳にも入ってしまった。もう間に合わんのだ。

捨之介　え。

家康　猜疑心の強いお方だ。目眩ましだろうが真実だろうが、どうでもおぬしの首、持ち帰らんことには、関白殿下の気はおさまらん。

捨之介　……なるほどね。これが奴の最後の罠ってわけか。最後の最後までしつこい男だぜ、まったく。

刀を構える捨之介。
身構える半蔵達。
彼らを見つめる捨之介。

捨之介　……浮き世の義理も昔の縁も、三途の川に捨之介。斜に構えたこの俺の、ここが命の捨て所か。……家康さんよ。この首を渡せば、もう無駄な血は流さない。そう約束が出来るかい。

家康　……約束しよう。

捨之介　……わかった。だったら好きにしな。

と、刀を放り投げる。

半蔵　天魔王に縄をかけよ！

兵士達が捨之介に縄をかける。

と、その時駆けつける沙霧。

沙霧　お待ち下さい、家康様！

捨之介　沙霧……。

後ろから無敵の鎧を抱えた兵庫と三五、極楽と贋鉄斎が現れる。

沙霧　天魔王ならば、私達が捕らえました。

と、無敵の鎧を見せる。誰も着ていない、がらんどうの鎧だ。

沙霧　さあ、天魔王の首。お持ち下さい。

と、鎧から仮面の兜をはずす。

半蔵　たわけたことを。それはただの仮面ではないか。

沙霧　（家康に）捨之介が天魔王じゃないことは、お殿様だってご存じのはず。なのに何故、捨之介に縄をかけますか。どうでも首が欲しいんなら、この仮面をお持ち帰り下さい！

沙霧を見つめる家康。

沙霧　……。

じっと仮面を差し出す沙霧。空気が張り詰める。その仮面を受け取る家康。

家康　からっぽの仮面か。確かにこれが天魔王かもしれん。……半蔵。そやつの縄を解け。

と、捨之介の縄を解くよう指示する。

半蔵　え、しかし……。

家康　案ずるな。秀吉公には儂からうまく言う。

沙霧　おっと、あともう一つ。

家康　ん？

沙霧　金五百枚。
家康　なに。
沙霧　秀吉公が、天魔王の首にかけたる賞金でございます。確か金五百枚かと。
半蔵　貴様、いいかげんにしろよ。
兵庫　確かに俺も聞いた。誰でもいいから天魔王を倒した奴に金五百枚。どっかのお侍様がはっきりそう言ってたぜ。
家康　……おぬしら。（と、六人を見る）

家康にひるまず、堂々と立つ沙霧、兵庫、極楽、三五、贋鉄斎。捨之介も、その様子に半ば誇らしげ半ば呆れている。

家康　半蔵。（と指図する）
半蔵　殿……。
家康　かまわん。
半蔵　おい。

配下の兵、金子箱を持ってくる。

家康　さらばだ。二度と儂の前に顔をみせるでない。

家康、天魔王の仮面を持ち、半蔵を連れて立ち去る。

家康　しかし……。

半蔵　(途中で止まり) あの連中に手出しは無用だぞ。

家康　大坂の顔色ならば気にするな。浪速の猿は、信長公の亡霊にとりつかれておる。じきに豊臣も滅ぶ。半蔵、髑髏城、儂がもらうぞ。あれを我らが居城とする。これからは関東が我らの国だ。ここに都をつくる。

半蔵　こんな荒野にですか。

家康　ああ。いずれ、この関東が、京を、大坂を、日の本を呑み喰らってやる。ここに眠る魔王の魂を封じるにはそれしかあるまい。いくぞ、馬ひけぃ！

足早に立ち去る家康と半蔵。

六人、去っていく二人を緊張して見送っている。彼らの姿が消えた時、ようやく安堵の息を吐く。

兵庫　……ああ、ほっとした。

三五　ほんと、どうなるかと思ったぜ。

捨之介　まったく、お前達は。肝が冷えたよ。

沙霧　肝が冷えたのはこっちだよ。なんで、そんなに死に急ぐの。
捨之介　……それは。
極楽　あんたを犠牲にはさせない。この子の本気、わかったでしょ。
捨之介　恐れ入ったよ、沙霧。お前は、俺の上に覆い被さっていた天を振り払ってくれた。
沙霧　え……。
捨之介　あの首は、ひょっとしたら信長公の首だったのかもしれねえな。
沙霧　……。
兵庫　さて、金だ金だ。

と、金子箱を開く。中には金が入っている。

兵庫　みなよ、見事に金五百枚。

大きな袋を持ち金を取る三五。

三五　畜生、畜生。（と、袋に金を詰め込み）金なんか全然欲しくないんだが、自分を裏切るというのも辛いもんだな。
一同　うそつけ。
三五　うそつき三五と人は呼ぶ。

立ち去る三五。

贋鉄斎　じゃあな。また何か面白い仕事があったら声をかけてくれ。
沙霧　あれ、贋鉄斎、金は。
贋鉄斎　いや、いい。こいつをもらったからな。

と、礒平の鎌を見せる。

兵庫　それは、あにさの鎌……。
贋鉄斎　こんなに美しい研ぎがあったとはな。さあ、まいりましょうか。清姫様。（声色で）「はい」。
捨之介　他の刀達にはどう言い訳するんだよ。
贋鉄斎　あ。
捨之介　考えてなかったな。
贋鉄斎　大丈夫、全然大丈夫。人生まだまだ修業だよ。

と、立ち去る贋鉄斎。

極楽　それじゃ、あたしも。（と、去ろうとする）
兵庫　待てよ。

と、金を両手に山ほど抱えると極楽に渡す。

極楽　え……。
兵庫　これを使え。使い切るまで死ぬな。そうすりゃ、そのうち気も変わる。死のうなんて気持ちはどっかにいくよ。
極楽　……兵庫。
兵庫　俺はあんたに生きててもらいたいんだ。俺の知らねえ土地でもいい。とにかく生きてさえいてくれりゃあ。地獄極楽紙一重。生きてさえいりゃ、そのうちいいこともあらあ。
極楽　……そうかもね。

と、硬く微笑み、金をうけとる極楽。

沙霧　そういう兵庫はどうするの。
兵庫　さてね。侍にもほとほと愛想がつきたからな。この金で、どっかの田舎に田圃でも買うか。

礒平　なに、いっとるだ。

と、礒平登場。荒武者隊の衣装の一部をとった傾奇者の格好。

礒平　おめさがそったら弱気じゃあ、冥土の子分達に笑われっぞ。関八州荒武者隊なくして、誰がこの関東の筋さ通すだに。
兵庫　あにさ。
礒平　おらも今日から、おめさと一緒だ。派手にいくべよ、兵庫。
兵庫　わ、わかった。やるっぺよ。あにさ。
礒平　おう。格好つけるんはおめえには似合わねえ。

その言葉に、兵庫、極楽を見る。意を決して彼女のもとに走る。

兵庫　さっきのは無しだ。正直に言う。俺はあんたといたい。あんたと暮らしてえ。
極楽　え。
兵庫　一緒にうまいもん食って笑って、一緒にまずいもん食ったら嘆いて、でもあんたを泣かすようなことは絶対にしねえ。頼む。俺と一緒に生きてくれ。

頭を下げる兵庫。極楽、じっとその彼を見つめる。

極楽　……りんどうよ。本当の名前はりんどう。これからはそう呼んで。
兵庫　え。（顔を上げる）
極楽　ほんとに馬鹿だねえ、あんたは。

柔らかく微笑む極楽。

兵庫　……お、おう！
捨之介　重い荷物を見事に支えやがったな。たいしたもんだよ。
兵庫　おう、今度は家康にガツンと喰らわせてやるぜ。（極楽に）い、いくぜ、りんどう。

頑張って名を呼ぶ兵庫の手を取る極楽。

極楽　ああ行くよ、あの子達の分までね。
沙霧　お似合いだよ、太夫。
極楽　（うなずき）沙霧、あんたも元気で。
沙霧　うん。

別れを告げて、兵庫、極楽、礒平立ち去る。

捨之介も去ろうとしている。

沙霧　捨之介、……あんた、分け前は。
捨之介　その金はてめえのもんだ。どう使うのもてめえの勝手。好きにしろ。
沙霧　いい加減にしな！　なんでさ、なんでそんな何にも欲しがらないの。
捨之介　……俺は、捨之介だからな。
沙霧　そんな！
捨之介　……でも、捨之介という名前も捨之介だ。
沙霧　え。
捨之介　これからは、新しい名前を探す旅にするよ。お前が救ってくれたこの首にふさわしい名前をな。
沙霧　……きめた。あたしはこの金で城をつくる。あんたが見つけた名前にぴったりの城をつくってやるよ。
捨之介　よせよせ、柄《がら》じゃねえよ。
沙霧　もう決めたんだ。待ちなよ、おい。待てってば。

先に立ち去る捨之介。
金子箱を担いで後を追う沙霧。
その後、この七人の行方を知る者はない。

蛇足ながら――。

その八年後、慶長三年、死期が間近に迫った秀吉は、己の主君織田信長の悪夢にうなされていたと、信長、秀吉の両雄に仕えた前田利家は語っている。夢枕に立って自身の遺児達の零落を嘆き、早く冥土に来いとうながす主君の幻影におびえた秀吉は、恐怖のあまり異様な叫び声をあげながら寝床から抜け出し這いずり回っていたと『利家夜話』には記されている。

天下人秀吉に、信長の恐怖の影をそれほどまでに深く刻み込んだものは何か。その真実を知る者は、当時五大老を務めていた徳川家康ただ一人だったのではないだろうか。彼は腹心服部半蔵にこうつぶやいている。

「信長の所作をよく知る男と城作りにたけた者とが組めば、難攻不落といわれた大坂城に忍び込んで太閤殿下の枕元に信長公の亡霊を作り出すことも不可能ではない」と。

その家康は江戸幕府を開いた後、大僧侶天海とともに、近世比叡山の復興に尽力している。黒衣の宰相とも呼ばれ家康最大の師とも友とも呼ばれた巨人、天海。彼にも謎めいた噂がつきまとっている。その噂とは明智光秀・天海同一人物説。信長を殺した男と噂される大僧侶と二人して、家康が関東の地に封じようとしたものは一体何だったのか。

第六天魔王。――それまでの寺院勢力を否定し寺領を容赦なく没収し、中世的権力に真っ向から対立した信長を、比叡山延暦寺はこう呼んで罵った。その後、彼が行った比叡山焼き討ちの大虐殺はあまりにも有名である。

〈髑髏城の七人　花〉　—終—

あとがき

初めてステージアラウンドのことを聞いたのは、確か、『ジャンヌ・ダルク』再演の稽古場だと思うので、二〇一四年の九月頃のはずだ。

ＴＢＳの熊谷プロデューサーが「オランダの飛行場跡に客席が移動する劇場がある。その仕掛けをＴＢＳが買うが、公演は新感線にやって欲しいと考えている」というようなことを言われた。

その時は立ち話程度だったので、僕もあまりイメージをしっかり持てなくて、なんとなく、飛行場の中をカーゴかなにかに乗ったお客さんが、移動して行きながら芝居を見るようなものを想像した。果たしてそんなアトラクションのような形態で公演ができるものなのだろうかなどとぼんやり思ったりした。

劇団☆新感線の細川プロデューサーから、改めて今回の企画を聞いたのはそれから半年後くらいだったか。

その時に、「客席が回転する新劇場が豊洲にできる。そこで新感線が一年間『髑髏城の七人』をロングラン公演する。三ヶ月ごとにキャストを総入れ替えして四バージョンやるという具体案を聞いた。

確かにオランダの劇場は飛行場跡に作ってはいるが、それは場所の問題であって、別に滑走路で芝居するわけじゃない。客席も回転はするが、カーゴで移動するわけじゃない。まったく勘違いしていたわけだ。そりゃ、カーゴで移動じゃ芝居は見られないよな、当たり前だ。

今回の新劇場、パッと聞いただけだとなかなかどういうものかわかってもらえないことが多いのだが、自分からしてこんな感じなのでまあ仕方がないだろう。

去年の二月にオランダに行き、ステージアラウンドで『女王陛下の戦士』というミュージカルを見て、「なるほど、ステージが三六〇度で客席が回るというのはこういうことか」と体感させてもらった。

これは面白い。この機構を新感線が使ったら、また一味違う新しいエンターテインメントが出来るんじゃないか。そう思えた。

四バージョンは花鳥風月と名づけられ、それぞれのキャスティングも進められた。

以前から何度も言っているように、『髑髏城の七人』という芝居は原石だ。カッティング次第で思いもよらない輝きを放つ。

その一番の要因は、キャスティングにある。

芝居の台本を書き始めてからもう四十年近くになるが、その殆どの作品が当て書きだった。役者を見てどんな役が面白いかを考える。それと並行して自分が書きたい物語があり、それをより合わせて一本の物語を作る。

役者が変われば芝居が変わる。

今回の『髑髏城』も必然的にそうなるはずだ。

まずは『season 花』だ。

二〇一一年の通称『ワカドクロ』に続いて、小栗旬君が捨之介を引き受けてくれたのが嬉しい。そこに新感線初参加の山本耕史君の蘭兵衛と成河君の天魔王が加わる。二人のキャラクターの造型は、演出のいのうえひでのりに腹案があった。

読んでいただければ、今までの蘭兵衛、天魔王と大きく違っているのがわかるだろう。兵庫と極楽の関係も、これまでとは違う。『ワカドクロ』でつかみかけた関係性を、よりはっきりと書いてみたい。それは今回の企画にあたって、かなり初期から考えていたことだ。


このあとのバージョンも、それぞれキャストにあわせて特色がある。

それは戯曲の段階でもはっきりと出るだろう。

だから戯曲集も、花鳥風月全バージョン、それぞれ刊行することにした。

快諾いただいた論創社さんには、本当に感謝する。

新感線としても座付き作家としても、かなり挑戦的な企画ではあるが、最後までおつきあいいただければ幸いだ。

二〇一七年一月中旬

中島かずき

◇上演記録
ONWARD presents
劇団☆新感線　髑髏城の七人　Season 花　Produced by TBS

【公演日時】
2017年3月30日（木）～6月12日（月）
IHIステージアラウンド東京

【登場人物】
捨之介……小栗　旬
無界屋蘭兵衛……山本耕史
天魔王……成河
極楽太夫……りょう
兵庫……青木崇高
沙霧……清野菜名
狸穴二郎衛門……近藤芳正
贋鉄斎……古田新太

三五……………………………………河野まさと
安底羅の猿翁……………………………逆木圭一郎
およし…………………………………村木よし子
礒平……………………………………礒野慎吾
波夷羅の水神坊…………………………吉田メタル
摩虎羅の姫跳……………………………保坂エマ

服部半蔵／髑髏党鉄機兵　他……………武田浩二
平形源右衛門／髑髏党鉄機兵／服部忍群　他…加藤　学
髑髏党鉄機兵／服部忍群／旅人　他……川島弘之
髑髏党鉄機兵／服部忍群／旅人　他……南　誉士広
髑髏党鉄機兵／服部忍群／旅人　他……熊倉　功
髑髏党鉄機兵／服部忍群／旅人　他……縄田雄哉
髑髏党鉄機兵／服部忍群／旅人　他……藤田修平
髑髏党鉄機兵／服部忍群／旅人　他……北川裕貴

黒平／髑髏党鉄機兵　他…………………池田竜治
おかゆ／村人　他………………………後藤祐香
おきり／村人　他………………………樹麗
おゆう／村人　他………………………田代絵麻
おでん／村人　他………………………傳田うに
青吉／髑髏党鉄機兵　他………………中野順一朗
おじい／色里男衆／髑髏党鉄機兵　他……原田賢治
おとも／村人　他………………………藤咲ともみ
おとう／色里男衆／髑髏党鉄機兵　他……村井成仁
白介／髑髏党鉄機兵　他………………村本明久

色里男衆／村人／髑髏党鉄機兵　他……………山田寛人
赤蔵／髑髏党鉄機兵　他……………………吉田大輝
おゆみ／村人　他……………………………吉野有美
黄平次／髑髏党鉄機兵　他…………………渡部又吁

【スタッフ】
作：中島かずき
演出：いのうえひでのり

美術：堀尾幸男
照明：原田　保
衣裳：竹田団吾
音楽：岡崎　司
音響：井上哲司
音効：末谷あずさ　大木裕介
殺陣指導：田尻茂一　川原正嗣
アクション監督：川原正嗣
ヘア＆メイク：宮内宏明
小道具：高橋岳蔵
特殊効果：南　義明
映像：上田大樹
大道具：俳優座劇場舞台美術部
演出助手：山﨑総司　加藤由紀子
舞台監督：芳谷　研

宣伝美術：河野真一
宣伝写真：野波　浩
宣伝面打：淺野健一
宣伝メイク：内田百合香
宣伝ヘア：宮内宏明
宣伝：脇本好美　浅生博一
ディップス・プラネット
制作：辻　未央　高田雅士
制作助手：伊藤宏実　大森祐子　坂井加代子
制作プロデューサー：細川展裕　柴原智子

主　催：ＴＢＳ　ディスクガレージ　ローソンＨＭＶエンタテイメント　電通
後援：ＢＳ-ＴＢＳ　ＴＢＳラジオ
制作：ヴィレッヂ
企画・製作：ＴＢＳ　ヴィレッヂ　劇団☆新感線
Produced by TBS Television, Inc., Imagine Nation, and The John Gore Organization
特別協賛：株式会社オンワードホールディングス
劇場特別協賛：株式会社ＩＨＩ

中島かずき（なかしま・かずき）
1959年、福岡県生まれ。舞台の脚本を中心に活動。85年4月『炎のハイパーステップ』より座付作家として「劇団☆新感線」に参加。以来、『髑髏城の七人』『阿修羅城の瞳』『朧の森に棲む鬼』など、“いのうえ歌舞伎”と呼ばれる物語性を重視した脚本を多く生み出す。『アテルイ』で2002年朝日舞台芸術賞・秋元松代賞と第47回岸田國士戯曲賞を受賞。

K. Nakashima Selection Vol. 25
髑髏城の七人　花

2017年3月30日　初版第1刷発行
2018年4月30日　初版第2刷発行

著　者　中島かずき
発行者　森 下 紀 夫
発行所　論　創　社
東京都千代田区神田神保町2-23　北井ビル
電話 03（3264）5254　振替口座 00160-1-155266
印刷・製本　中央精版印刷
ISBN978-4-8460-1605-0　

K. Nakashima Selection

Vol. 1—LOST SEVEN	本体2000円
Vol. 2—阿修羅城の瞳〈2000年版〉	本体1800円
Vol. 3—古田新太之丞 東海道五十三次地獄旅 踊れ!いんど屋敷	本体1800円
Vol. 4—野獣郎見参	本体1800円
Vol. 5—大江戸ロケット	本体1800円
Vol. 6—アテルイ	本体1800円
Vol. 7—七芒星	本体1800円
Vol. 8—花の紅天狗	本体1800円
Vol. 9—阿修羅城の瞳〈2003年版〉	本体1800円
Vol. 10—髑髏城の七人 アカドクロ/アオドクロ	本体2000円
Vol. 11—SHIROH	本体1800円
Vol. 12—荒神	本体1600円
Vol. 13—朧の森に棲む鬼	本体1800円
Vol. 14—五右衛門ロック	本体1800円
Vol. 15—蛮幽鬼	本体1800円
Vol. 16—ジャンヌ・ダルク	本体1800円
Vol. 17—髑髏城の七人 ver.2011	本体1800円
Vol. 18—シレンとラギ	本体1800円
Vol. 19—ZIPANG PUNK 五右衛門ロックIII	本体1800円
Vol. 20—真田十勇士	本体1800円
Vol. 21—蒼の乱	本体1800円
Vol. 22—五右衛門vs轟天	本体1800円
Vol. 23—阿弖流為	本体1800円
Vol. 24—No.9 不滅の旋律	本体1800円